读客科幻文库

跟着读客读科幻，经典科幻全看遍。

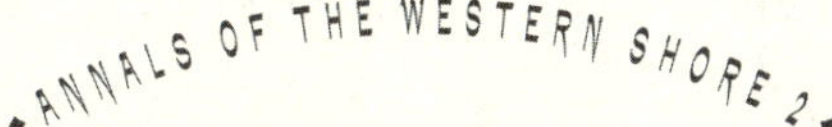

西岸传奇

2 沉默之力

［美］厄休拉·勒古恩 著
贺 丹 译

VOICES

江苏凤凰文艺出版社
JIANGSU PHOENIX LITERATURE AND ART PUBLISHING

图书在版编目（CIP）数据
西岸传奇. 2, 沉默之力 / (美) 厄休拉 · 勒古恩 (Ursula K. Le Guin) 著 ; 贺丹译. -- 南京 : 江苏凤凰文艺出版社, 2024. 9. -- (读客科幻文库) .
ISBN 978-7-5594-8745-2
I. I712.45
中国国家版本馆CIP数据核字第2024JU8985号

西岸传奇 2：沉默之力

［美］厄休拉·勒古恩 著　　贺 丹 译

责任编辑	丁小卉
特约编辑	武姗姗　孙宁霞　尹开心
装帧设计	江冉滢
责任印制	杨 丹
出版发行	江苏凤凰文艺出版社
	南京市中央路 165 号，邮编：210009
网　　址	http://www.jswenyi.com
印　　刷	河北中科印刷科技发展有限公司
开　　本	889 毫米 ×1230 毫米 1/32
印　　张	9.5
字　　数	175 千字
版　　次	2024 年 9 月第 1 版
印　　次	2024 年 9 月第 1 次印刷
标准书号	ISBN 978-7-5594-8745-2
定　　价	65.00 元

江苏凤凰文艺版图书凡印刷、装订错误，可向出版社调换，联系电话：010-87681002。

喀司普罗之歌

有如身处隆冬暗夜时

我们的双眼期盼曙光，

有如身受严寒之苦时

满心渴盼太阳，

不见光明、不得自由的灵魂

发出怒吼：

做我们的光、我们的火、我们的生命吧，

自由！

我能清楚记得的最早的事情是自己描画符号，进入那间密室。

我当时太小了，要伸着胳膊才够得到过道墙上的正确位置，画出需要的形状。墙壁抹了厚厚的灰泥，有些地方已经开裂剥落，里面的石头露了出来。过道里几乎是黑沉沉的。这里闻起来有股泥土和久远岁月的味道，而且寂静无声。但我一点也不害怕；我在那里从来都没有害怕的感觉。我把手举高，凭着自己记得的动作，用手指在墙上适当的位置描画，手指触到的是空气，并没有真的碰到灰泥墙面。墙上的门打开了，我走了进去。

那个房间的光线清晰而沉静，高高的天花板上有很多厚玻璃做的小天窗，可以透光。房间很长，靠墙摆着书架，上面放着书。那是我的房间，我一直都知道这个地方。伊丝塔、索丝塔和古迪特却不知道。他们甚至不知道它的存在，也从没来过房子后面深处的这些过道。我经过了领爵的房门才来到这里，但他病病歪歪、行动不便，总是待在他的房间里。这间密室是我的秘密，在这里我可以独自待着，不受呵责，不被打扰，也没有恐惧。

我所记得的不是某一次去那里，而是有很多次。我记得那个时候书桌对我来说显得特别大，书架也特别高。我喜欢待在桌子底下，用一些书搭起围墙或藏身之处。我假装自己是窝里的熊宝宝。在那里我觉得很安全。我总是准确地把书放回书架上原先的位置，这很重要。我会待在房间里明亮一些的地方，靠近门口，但其实那里并没有门。我不喜欢更远的那一端，那里颇为阴暗，天花板也更低。我心里管那边叫暗处，一般都不到那边去。但即使是我对暗处的恐惧，那也是我的秘密的一部分，在我独处的王国之内。那是我一个人的地方，直到我九岁的一天。

索丝塔一直因为什么蠢不可及的事情呵斥我，而且根本不是我的错，我出言不逊地顶了回去，她就叫我“羊卷毛”，我一下子火冒三丈。我打不着她，因为她的胳膊比我长，能挡住我，于是我就咬了她的手。然后她妈妈、我的养母伊丝塔也责骂我，还给了我一巴掌。我满腔怒火，跑到房子后面那条阴暗的过道，打开门，钻进了密室。我本来想在那里一直待着，直到伊丝塔和索丝塔以为我跑出去了，被人抓去当了奴隶，永远回不来了，然后她们就会万分懊悔，觉得不该没道理地责骂我、打我，叫我绰号。我毛毛躁躁地冲进密室，眼泪汪汪，怒气冲天——然而，在那片奇特的亮光里，站着领爵，他手上拿着一本书。

他也吓了一跳。他走向我，样子很凶，扬起了手臂，好像要打人似的。我站着一动不动，气都不敢出。

他猛地停了下来：“梅默！你怎么会来这儿？”

他看了看刚才开门的位置，但那里当然什么也没有，只有墙壁。

我还是大气不敢出，也说不出话来。

“我没关上门。”他说，但他自己都不相信这话。

我摇摇头。

最后，我终于小声说：“我知道怎么开。”

他一脸震惊，迷惑不解，但过了一会儿他的脸色变了，他说：“德迦洛。”

我点点头。

我妈妈的名字就叫德迦洛·加尔瓦。

我挺愿意说说她，但我不记得她了。也可能是记得，但那些记忆无法形诸文字。紧紧的拥抱，轻柔的摇晃，在黑黑的床上闻到的好闻的气息，一块粗糙的红色面料，一个声音，我听不清楚，但就是差一点点就能听到的程度。我曾经想，如果我能保持不动，用心去听的话，我就会听到她的声音。

无论是按血统算还是从家族来说，她都是加尔瓦家的人。她是安苏尔领爵苏尔特·加尔瓦的总管家，这个职位光荣无比，责任重大。那个时候在安苏尔没有农奴，也没有奴隶；我们属于平民，户主、自由民。我母亲德迦洛管理着在加尔瓦曼德干活儿的所有人。我的养母、厨娘伊丝塔总爱跟我们说，那个时候整个家有多大，德迦洛要照管多少人。伊丝塔自己每天都有两个帮厨，如果有大人物到访，要准备盛大宴会时，还有三名帮工；光清洁工人就有四个，杂工一名，还有一名马童负责照看马儿，马厩里有八匹马，有的供骑乘，有的用来驾车。房子里住了不少亲戚和老人。伊丝塔的母亲住在厨房上面那层房间，领爵的母亲则住在楼上的院长室。领爵自己总是在安苏尔海岸的各个城镇来回转，跟其他领爵见面，有时自己骑马，有时坐马车，带一名随从。那会儿西边院子里住了一名铁匠，马车夫和邮差住在马车房的顶楼，随时准备跟着领爵出门。“那会儿总是忙忙碌碌，热热闹闹的，”伊丝塔说，“过去的日子！那可是好时候！”

当跑过寂静的走廊，经过那些破败的房间时，我曾经试着想象那些日子，那些好时候。我擦着门廊时，曾经假装自己是在准备迎接宾客的到来，他们穿着气派的衣衫鞋履，走过门廊。我曾经上院长的套间里去，想象这些房间干净、温暖、陈设齐全的样子。我会跪在房间里靠窗的座位上，从澄透的镶嵌玻璃窗向外看，视线掠过城市里的屋顶，一直看到山那边。

我所在的城市以及北边所有的海岸统称安苏尔，意思是“遥望苏尔”——那座大山，海峡对岸的大陆曼瓦上的五座山峰中最后也是最高的一座。从海边以及城里所有朝西的窗户，都能看到白色的苏尔山高高耸立在海面上，还有它周围缭绕的云雾，就像是苏尔的梦一样。

我知道这座城市曾经叫“智慧大美之城安苏尔”，因为这里有大学和藏书室，有高塔、带拱廊的庭院，有条条运河、座座拱桥，还有供奉街头神明的上千座大理石庙宇。然而在我的童年时代，安苏尔只是残破的废墟，充满了饥饿，还有恐惧。

安苏尔曾经托庇于桑德拉曼，但那个伟大的国家忙着在边境跟罗亚人打仗，没有在这边驻军保护我们。安苏尔物产丰富、农田富饶，很久都没有打过仗了。我们全副武装的商队阻挡了南方的海盗劫掠海岸一带，自从很久以前桑德拉曼跟我们结盟之后，我们在陆地上就没有敌人了。因此当阿苏达尔沙漠的阿尔德人军队入侵时，他们就像野火一样在安苏尔的山间蔓延扩散。他们的军队攻进了城里，在街上杀人抢物，奸淫掳掠。我母亲德迦洛从集市回来时被士兵们当街抓住，遭到了强奸。后来抓住她的那些士兵受到民众袭击，在混战中，她逃了出来，回到了加尔瓦曼德家中。

城里的人们与入侵者巷战，将他们赶了出去。那支军队在城外驻扎。安苏尔被围困了一年之久，我就是围城那一年出生的。后来，另外一支更强大的军队从东边沙漠而来，攻击并占领了这座城市。

祭司带着士兵们来到这所房子，他们说这是“魔鬼之宅”。他们把领爵关进了监狱，杀死了所有抵抗的人，还有老人。伊丝塔设法逃了出去，跟她母亲和女儿一起藏在一个邻居家里。但领爵的母亲被杀害了，她的尸体被扔进了运河。年轻女人被充作奴隶，供士兵们享用。我妈妈跟我藏在密室里，逃过了一劫。

我现在就是在这个房间里写这个故事。

我不知道她在这里藏了多久。她肯定带了一些吃的，这个地方也有水。阿尔德人洗劫了整个房子，所有能烧的都烧了。士兵和祭司日复一日地回到这里，破坏所有的房间，寻找书籍、战利品或是恶魔信徒。最后她不得不从藏身处出来。她晚上偷偷跑出来，与另一名妇女躲在卡姆曼德的地下室。她保住了自己和我的性命，我不知道是在什么地方，也不知道她怎么做到的，直到阿尔德人停止了掳掠破坏，以占领者的身份将我们的城市作为殖民地。然后她回到了自己家，回到加尔瓦曼德。

所有木质的附属建筑都已被烧毁，陈设遭到破坏或被偷走，连木地板也被撬开了；但房子的主要部分是石头墙、砖瓦顶，受损不是太严重。虽然加尔瓦曼德是城里最宏伟的宅子，但没有阿尔德人在这里住，他们觉得这里全是恶魔和恶鬼。德迦洛尽她所能，一点点地收拾打理。伊丝塔也跟女儿索丝塔从藏身处回来了，驼背的老杂工古迪特也露了面。这是他们的主家，他们忠于这里，忠于彼此。他们的神在这里，给他们托梦的祖先也在这里，庇佑和眷顾都在这个地方。

一年后，领爵从阿尔德首领的监狱中被放了出来。阿尔德人把他赤身裸体扔到大街上。他走不了路，因为他在那帮人的折磨之下断了腿。他想沿着加尔瓦大街从议事厅爬到加尔瓦曼德。城里的人帮了他，把他抬到那里，抬回了家。那里有他家里的人照料他。

他们穷困不堪。安苏尔的民众都很穷，被阿尔德人搜刮得一干二净。他们设法维持了生活，在我妈妈的照料下，领爵开始恢复精力。但围城之后的第三个冬天，在寒冷和饥饿中，德迦洛发烧了，无药可治——她就这么死了。

伊丝塔宣布她是我的养母，负责照顾我。她为人严厉，脾气火暴，但她爱我妈妈，也尽心尽力地对我。我很早就学会了帮着做家里的活儿，也很喜欢做。那些年里，领爵大多时候都卧病在床，因为断腿和导致他残疾的酷刑而遭受苦痛，而我很骄傲能服侍他。即使在我还很小的时候，他也更愿意让我服侍，而不用索丝塔，她干什么活儿都不乐意，还老是打翻东西。

我知道自己是因为那间密室才活了下来，因为它保护了我和我妈妈免遭敌人的毒手。她一定是跟我说过，肯定还给我演示了怎样打开门；要么就是我看见过她开门，并记住了方法。我的印象似乎是这样的：我能看到在空中书写的字符形状，却看不到写字的手。我的手沿着那些形状描摹，这样就能打开门，来到这里，我以为这个地方只有我一个人来过。

直到那天我跟领爵面对面，我们站在那里大眼瞪小眼，他的拳头举在空中，差点一拳打过来。

他放下了胳膊。

“你以前来过这里？”他问道。

我吓得不轻，勉强点点头。

他倒没有生气——他扬起手臂准备打的是闯入者、敌人什么的，不是针对我。他从未在我面前发火或显得不耐烦，即使在他痛苦不堪而我笨手笨脚、奇蠢无比的时候。我完全信赖他，之前从来没有畏惧过他，但我对他的确心存敬畏。而现在这个时候他非常凶狠。他眼里冒着火，就像他说“毁灭神桑帕颂词”时一样。他眸色深沉，但映入了火气，就像黑色岩石里阴燃的猫眼石。他瞪着我。

“有人知道你来这儿吗？”

摇头。

“你有没有跟人说过这个房间？”

摇头。

“你知道绝对不能跟人说这个房间吗？”

点头。

他等着我开口。

我意识到自己必须大声说出来。我吸了口气说道：“我永远不会跟人说这个房间。愿这所房子所有的神灵、这个城市所有的神灵、我妈妈的灵魂，以及所有曾居住在神谕院的灵魂见证我的誓言。”

听到这话，他又显出一脸吃惊的样子。过了一会儿，他走上前来，伸出手指碰了碰我的嘴唇。“我见证这个誓言出自真诚的心灵。”他说，并转身用手指触碰书架之间的小神龛的门槛。我也照做了。然后他轻轻将手放在我肩上，低头看着我。“你从哪里学到这样一番誓词的？”

“我自己编的。”我说，“因为我只要这样发誓，就会永远痛恨阿尔德人。如果我能做到的话，我会将他们赶出安苏尔，并杀死他们所有人。”

我把这话告诉了他，这是我最隐秘的誓言，我内心深处的愿望和承诺，从未跟任何人说过。我流下了眼泪——并不是出于激怒，而是突如其来、不可压抑的抽泣，似乎攫住了我，让我崩溃。

领爵吃力地用受伤的膝盖跪地，将我抱在怀里。我在他胸前饮泣。他一言不发，只是紧紧地抱着我，直到我终于能止住抽泣。

我累极了，又觉得难为情，于是转过身去坐在地上，把脸埋在膝盖间。

我听到他费力地站起来，一瘸一拐地走到房间里暗处那头。他拿着打湿了的手帕走回来，上面的水是在暗处那边流动的泉水。他将湿手帕放在我手里，我将它按在哭得热腾腾的脸上。触感很好，凉冰冰的。我在眼睛上敷了一会儿，又擦了擦脸。

“非常抱歉，领爵。”我说。我觉得很丢人，因为我跑到这里，还哭哭啼啼的，给他添了麻烦。我全心全意地敬爱他，希望能帮他的忙、侍奉他，以此展现我的爱，不想让他心烦、打扰他。

“这是非常值得一哭的事情，梅默。”他用惯常的平静嗓音说。我看看他，发现他也哭过了，就在我刚才哭的时候。一个人流过泪之后，眼睛和嘴唇都会留下痕迹。发现自己把他也弄哭了，我非常窘迫，但那种羞愧的心情却不知不觉放松了一点。

过了一会儿他说：“做这种事情，这儿倒是个好地方。”

“我一般不怎么哭，在这儿。”我说道。

“你一般在哪儿都不哭。”他说。

他竟然注意到这点，我颇为自豪。

“你在这间屋子里做什么？”他问道。

这个问题还真不好回答。“我就是在受不了一些事情的时候来这儿。”我说，“我喜欢瞧那些书。我要是瞧瞧它们可以吗？瞧它们的里面？”

他停了一下，郑重地回答：“可以。你在书里找什么？”

“找我开门时画的东西。”

我不知道“文字”这个词。

“给我看看。”他说。

我本来可以用手指在空中画出开门时画的形状，但我站起身来，从底下的书架上抽出了那本深褐色皮面装订的大书，我管它叫“大熊”。我翻开第一页，上面有文字。（我觉得我知道它们是文字，但也可能不是。）我指着用来开门的那些图案。

“这个，还有这个。”我低声说。我把书放在了桌子上，非常小心，我在瞧书的里面时总是这样。他站在我身边，看着我指出我认得的那些字符。不过我不知道它们表示什么，也不知道怎么读。

“这些是什么，梅默？”

“字迹。”

“所以开门的是字迹？”

“我觉得是。只不过要在空中写，在特殊的地方。”

“你知道这些词是什么吗？”

我不太明白他问的是什么意思。我觉得我当时不知道书写的文字和说的字词是一样的，书写和说话只不过是同一个东西的不同方式。我摇摇头。

“你拿书干什么？”他问道。

我什么也没说。我不知道。

“书是拿来读的。”他说。这一次他说的时候微笑起来，他的脸焕发出光彩，我很少看到他这副样子。

伊丝塔总是跟我说，想当年领爵是多么开心、好客、亲切待人，大餐室里的客人又是多么愉快，以及他曾经因为索丝塔的小伎俩而大笑。然而我认识的领爵却是这样的一个人：腿被铁棒打断，胳膊错了位，家人被杀，他治下的人民一败涂地，他自己贫困不堪，处于痛苦和悔恨之中。

“我不识字。”我说。之后，因为他的笑容消失得太快，眼看就要重回阴影中了。我说道：“我能学吗？”

这句话让他脸上的笑多留了一会儿。然后他转过头去。

“这很危险，梅默。”他说，他的语气并没有把我当小孩子。

“因为阿尔德人害怕这个。”我说。

他又重新看向我：“是的，他们应该怕。”

“这不是恶魔或黑魔法。”我说，“根本没有那种东西。”

他没有直接回答。他直视我的眼睛，不像一个四十岁的成年男人看着一个九岁的孩子，而像是一个灵魂在评判另一个灵魂。

“我可以教你，如果你想学的话。”他说。

2

就这样，领爵开始教我，而我学得飞快，就像我早已迫不及待，就像快要饿死的人得以饱餐。

我一明白那些字符是什么，就学会了，并且开始拼出词语。我不记得自己有茫然不解或被难住很久的时候，只有一次例外。我拿下那本长长的红色大书，封面上有金色的图案，在我会认字之前，这本书一直是我的最爱，那时我管它叫“红闪闪”。我只想知道它是讲什么的，试着去读一下。然而我尝试去读的时候，它却毫无意义。里面也有字符，它们组成了词语，却是没有意义的。我一个字也看不懂。它毫无头绪，一片混沌，全是垃圾。领爵进来时，我对这本书和我自己都火冒三丈。“这本蠢书是有什么毛病！”我说道。

他看了看那本书：“它什么毛病也没有。这是一本非常美的书。”他高声读出了一些含混的内容。听起来确实挺美的，但还是没有任何意义。我皱起眉头。“这是阿瑞坦语，”他说，“它是非常古老的语言，我们的语言就是发源于它。有一些字词改变不是很大。你看，这里，还有这个。”我认出了他指着的那几个词的一部分。

“我能学吗？”我问道。

他缓缓地用惯常的那种目光看着我：耐心、审视、赞许。“可以。”他说。

我从此开始学习这种古代语言，与此同时我开始阅读用我们自己的语言写成的《查木汗》。

当然，我们不能将书带出密室。书本会给我们以及加尔瓦曼德的所有人带来危险。一旦某个家里发现了书本，阿尔德人的红帽祭司就会带着士兵前去。他们不会碰书本，因为它是恶魔的东西，但他们会让奴隶将书本拿到运河或海边，绑上石头，将书扔下去，沉入水底。对于拥有书本的人，他们也是如法炮制。他们不会烧书，或是读书的人。阿尔德人的神是烈焰之神阿忒斯，对他们来说，烈火焚身而死是伟大的事情。因此他们将书本和人犯投入水中，或者将他们带到海边的泥滩上，用铲子和长棍将他们推进去，肆意践踏，直到他们窒息而死，沉入深深的泥沼中。

人们常常将书拿到加尔瓦曼德，趁着夜晚，秘密前来。没有人知道那间密室——即使是一辈子生活在这所房子里的人也不知道——但就连城外的人也知道，现在将书留在自己手中会有危险，而领爵苏尔特·加尔瓦是可以托付书本的人，神谕院是存放书本的安全之处。

家里所有人进领爵的房间都必定会先敲门，等他回应，而且鉴于他的身体不再那么虚弱了，如果他没回答，那我们就不去打扰了。他把时间都用来做什么、用在什么地方，伊丝塔和索丝塔从不过问。我估计她们会以为他肯定是在套间里，或是在内院，就像我曾经以为的那样。加尔瓦曼德非常之大，很容易不知道人们在什么地方。他从不离家外出，因为腿瘸得太厉害，连一个街区都走不了，但人们会来看他，很多人。他们一连几个小时跟他在后廊上长谈，夏天的时候就会在某一个院子里。他们来去都是静悄悄的，不管白天晚上，随时都会到访，毫不引人注意，从宅子后半部分的通道进来，那边没人住，房间都空着，破败不堪。

如果白天有客到访，我会帮忙端水，或者有茶的话就上茶，有时我可以留下来听他们谈话。有的人是我从小就认识的：来自桑德拉曼的迪萨克，还有四大家族的人，卡姆曼德的卡姆一家，还有珀尔·阿克塔莫。阿尔德人占领城市的时候，珀尔还只有十岁，要么是十二岁。阿克塔曼德的人进行了艰苦卓绝的抵抗，阿尔德士兵占领大宅的时候，他们杀死了所有男子，掳走女子充作奴隶。珀尔在一处院子里的一口枯井里藏了三天，躲过了士兵的搜捕。现在他的日子跟我们差不多，跟为数不多的几个人住在残破的宅子里。但他会跟我开玩笑，也很和气，比领爵的大多数访客都要年轻。珀尔来的时候我总是很高兴。在访客中，只有迪萨克明确表示不欢迎我留下来听他们谈话。

来拜访领爵的人当中，我不认识的那些人大多是城里的商人之类的；其中一些人依然穿得还不错。人们来的时候经常都是一副风尘仆仆的样子，他们是来自安苏尔其他城镇的访客或信使，也许是其他领爵派来的。天黑之后，冬天里，有时会有女客人，但妇女独自在城里走是很危险的。有一位曾经经常到访的女士有着长长的灰白色头发；她对我好像有点生气，但领爵很恭敬地招呼她。她总带着书来。我一直不知道她的名字。来自其他城镇的人往往也带着书，藏在衣服里或是装食物的包裹里。领爵自从知道我能进入密室之后，就会把书给我，让我拿去密室。

他往往是夜里去密室，所以我们以前从没在那里碰上过。我不常去，而且晚上从来不去。我跟伊丝塔和索丝塔一起睡在宅子前面的寝室里，不可能直接玩消失。白天又很忙：我有分内的家务事要做，还要祈祷，大多数的采买也是我做，因为我喜欢买东西，而且比索丝塔会讲价。

伊丝塔总害怕索丝塔一个人出去的话会遇到士兵，被抓去遭到强奸。她倒不担心我。阿尔德人看都不会看我一眼，她说。她的意思是，那些人不会喜欢我苍白瘦削的脸和像他们一样的鬈发，因为他们喜欢棕色圆脸、头发乌黑光滑的安苏尔女孩，像索丝塔那样的。“你长成这个样子很幸运。”她一直跟我说。而且我在很长时间里个子都很小，十分瘦弱，这真的是很幸运。根据阿尔德首领的命令，妇女只有在有男子陪伴的情况下才可以上街或去市场。独自走在街市上的女性等于妓女、诱惑的魔鬼，任何士兵都可以随意强奸她，将她收作奴隶，或者杀死她。但阿尔德人显然觉得老年妇女不算女性，而小孩子大多也会被无视，不过也不一定。所以集市上买东西讲价钱的大多数都是老奶奶和小孩子，孩子们很多都是“围城小鬼”——像我一样的混血儿，穿得像男孩子一样的女孩。

我们的钱都是某位祖先很久以前藏起来的，当时一支海盗舰队逼近安苏尔；海盗被赶走了，但家族的人在宅子后面的树林里藏了钱，任由那些钱留在那里以防万一（领爵这么说的）；现在我们就靠着这些钱过活。因此我得尽可能地买最划算的东西，这需要时间。祈祷和家务也同样费时间。伊丝塔每天早早起来做面包。我能定期去密室而不被人惦记或引起太多好奇和问题，唯一的时间就是晚上，其他人都上床睡觉之后。我跟伊丝塔说我想把自己的床挪到我妈妈的房间，跟我们一起住的那间房只隔了一个大厅。伊丝塔没意见。我们吃完晚饭，收拾洗漱完毕之后，过不了多久她和索丝塔通常都已经鼾声大作；她们不太可能注意到我没在自己的房间里。这样，每天晚上我都轻手轻脚地摸黑穿过大宅子里的走廊和过道，走到那扇秘密的门前，开门进去，跟我亲爱的老师一起看书、学习。

有时晚上有客来访，他就不能来教我阿瑞坦语或帮助我阅读，但我自己已经足以应付了。我经常一直看书，沉浸在书里的故事或历史中，直到远远超过他会让我上床睡觉的时间。

当我个子长高了一点，开始步入成年的时候，我有时会特别困，不过不是晚上，而是早上。我怎么也没法起床，整天都觉得身体沉重如铅，脑子迟钝得跟土鳖虫一样。虽然我恳求他不要这样做，但领爵还是跟伊丝塔谈话，让她雇了街上的博米替我干擦洗清扫的活儿。我对他说："我愿意擦洗打扫！费时间的是那些祭坛。我们可以雇人干这个，我就有更多时间了。"

这是个错误。他慢慢地看着我：耐心、带着评判意味，但神色间并不赞同。

"你妈妈的灵魂栖居在此，还有我们的祖先的灵魂，"他说，"这座宅子的神明也是她的神明。她每天祷告。我也向神明奉上敬意。"这话是真的，他从未错过一天，或是一次供奉，

“而你身为众位老祖母的后代，也要敬奉他们，得到他们的保佑。”他的话到此为止。

我为自己感到羞愧，也很气自己。打理所有那些神龛，除尘打扫，为以涅供奉新鲜叶子，给灶神燃香，向前代家神的灵魂和幽灵祈祷、求他们保佑，记着日子感谢恩弩，在她的神龛上供奉食水，还要在门廊那里停下来，念颂“两边守望的神明”的祷词，还要记住什么时间该为德奥利以及所有其他神明点燃油灯。这些事情得要整整一个小时，我以前总想把这个时间省下来。

我估计，我们在安苏尔敬奉的神明超过任何地方的任何人。数量更多，离我们更近，我们的土地，过的日子，我们的血脉骨骼，都各有神明。我当然有福气，知道宅子里满是神明，而我所做的是我妈妈做过的事情，回报他们的赐福。我知道我房间的神明住在门边墙上那个空空的小神龛里，等着我回去，守护着我睡觉。我小时候做祷告总是很自豪，但现在我做这些事情已经太久了。我厌倦了神明们。他们需要的照管未免太多了。但我只要记得，阿尔德人管我们的神明叫邪灵、恶魔，而且害怕他们，我就会开开心心地、全心全意地礼拜。

我得到提醒说，我妈妈也曾经在宅子里做过女人的礼拜，这是好事。领爵把这件事托付给她，正如他信任她、让她知道密室的事情，他知道她与自己有着同样的血脉。想到这一点，我第一次清楚地意识到，他和我是我们家族血脉中仅存的人了；现在我们家里为数不多的几个人属于加尔瓦家族是出于自己的选择，而不是因为血缘的关系。直到那时，我才想到其中的分别。

“我妈妈识字吗？”我有一次夜里问他，在上完了阿瑞坦语的课之后。

“当然。”他说，然后他回忆道，“那时候识字还没有被禁呢。”他靠在椅背上，擦了擦眼睛。折磨他的人将他的手指拉扯折断，导致手指变形虬结，但我已经习惯了他的手的样子。我看得出来，那曾经是一双优雅的手。

“她有没有来过这里看书？”我环顾着房间问道，很高兴自己能在这儿。我现在最喜欢这儿的晚上，灯光形成黄色的光圈，温暖的阴影从光圈外延伸开去，书脊上的烫金字体一闪一闪的，就像有时透过高高的小天窗瞥到的星光。

“她没多少时间读书。”他说，“她打理着这里的一切。这是非常重大的责任。领爵要花很多钱——娱乐，还有其他的种种。她的书主要就是账本。”他看着我，就好像看着过去，将我和他记忆中我妈妈的样子对比。“我们最初听到消息说，阿尔德人派军队进入了伊士玛丘陵，那时我就告诉她这间屋子的入口在哪里。我母亲让我这么做的：德迦洛是我们的血脉至亲，有权利了解秘密，她说。如果形势恶化，她能守住密室。这里也会成为她的避难之所。”

“确实是这样。”

他念了一句《高塔》里的诗：艰辛乃是神之仁慈。《高塔》是我们在翻译的阿瑞坦语诗歌。

我回以这首诗后面的一句：真诚的奉献是真心的赞颂。我引用诗句回复他的时候他总是很高兴。

“我小的时候，她跟我一起藏在这里时，没准儿她读过其中的一些书。”我说。

我以前也想过这件事。当我读到一些东西，发自内心地感到愉悦、觉得充满力量时，我常常想，我妈妈是不是也曾经读到过，当她在这间密室的时候。我知道他读过，所有的书他都看过。

“也许她读过。”他说，但带着伤心的神色。

他看着我，似乎在探究，他的心里有一些疑问。终于，他下定了决心，问道：“告诉我，梅默。你第一次自己来这里的时候——在你会看书之前，书对你来说是什么？”

我过了一会儿才回答。“嗯，我给其中一些书起了名字。”我指着那本皮面的大书《桑德拉曼第四十届领事馆编年史》，“我管它叫‘大熊’，《罗斯坦》是‘红闪闪’。我喜欢这本书，因为封面上的金色……我还用一些书搭房子。但我都会把它们放回原先的位置。”

他点点头。

“还有一些书……”我本来不想说的，但不由自主地脱口而出——“我害怕它们。”

“害怕。为什么？”

我不想回答，但又一次不由自主地说：“因为它们会发出声音。”

听到这话，他也发出了小小的声音：啊。

“是哪些书？”他问道。

“就是这里的一本。在下面……另一头。它会吱嘎作响。”

我为什么会说到那本书？我从未想过它，也不愿意想到它，更不用提说起它了。

尽管我由衷地热爱待在密室内，跟领爵一起读书，在我那些故事、诗歌、历史的宝藏中找到最大的乐趣，但我从未穿过房间，去另外那头，那里的地面是更粗糙、颜色更深的灰色石头，屋顶更低，没有天窗，光线逐渐变暗，直至漆黑一片。我知道那里有一个泉眼或者喷泉，因为我能听到泉水的微弱声响，但我从未走到那头去看一看。有时我觉得房间暗处那头更大一些，有时又觉得应该会更小，就像洞穴或是隧道。我从未越过会发出响声的那本书所在的书架的位置。

“能不能指给我看是哪本？”

我坐在书桌边不动，过了一会儿说：“我只是个小孩子，喜欢编这种故事。我还假装那本编年史是大熊呢。真是够蠢的。”

“你什么都不用怕，梅默。”他温和地说，“有的人可能心里有鬼，你不是。”

我一言不发。我觉得不舒服，浑身冰冷，心里满怀恐惧。我只知道自己得闭上嘴，免得一不小心又说出什么不该说的话。

他又坐下来沉思了一下，再度做出了决定：“以后还有时间说这些。现在我们再读十行，要么直接去睡觉？”

“再读十行。”我说。我们一起低头读起了《高塔》。

即使是现在，要承认自己的恐惧、把它写下来，对我来说也是万分艰难。当时只有十四五岁的我尽量不去想它，就像我远离房间尽头没入暗影的那一端。密室难道不是唯一能让我免于恐惧的地方吗？我希望它的意义仅止于此。我并不想了解自己的恐惧，也不想知道它具体是什么。它太像阿尔德人所说的邪魔恶灵和黑魔法了。那些只不过是无知憎恶的字眼，只是因为他们不懂——我们的神、我们的书籍、我们的行为方式。我非常确定，世界上并没有恶魔，领爵也没有什么邪恶力量。他们不是折磨了他一年之久，逼着他承认自己的邪恶能力，然后把他放了出来，因为他没什么可承认的。

那我怕的是什么呢?

我知道那本书被我碰到的时候发出了叹息的声音。那时候我差不多只有六岁，但我记得很清楚。我想让自己变得勇敢。我鼓起勇气，一直走到了暗处那边。走过去的时候，我的眼睛只盯着脚前面的那块地方，直到砖地变成粗糙不平的石头。然后我侧身转向一个书橱，眼睛依旧朝下，只看到书橱很低，嵌进岩石墙体里面。我伸手碰到了一本书，它的封面是棕色的皮革，破破烂烂的。我碰到它的时候，它发出了很大的响声。

我缩回手，站在那里。我告诉自己，刚刚什么也没听到。我想要勇敢，长大以后就能杀死阿尔德人。我必须勇敢。

我又往前走了五步，走到另一个书橱前，很快地朝上溜了一眼。我看到有一个架子上面只放了一本书。它很小，封面是白色的，十分光滑，有着珍珠的光泽。我右手握拳，伸出左手，将那本书拿了下来，心里想着它应该是安全的，因为封面挺美。我随意翻开。书页间渗出了血滴。那些血还是湿湿的。我知道血是什么样子。我合上书，一把放回架子上，一路飞奔，跑到大桌子底下的藏身之处躲了起来。

我没跟领爵说过这件事。我希望那不是真的。从此以后，我再也没去过暗影那头的书架那里。

现在的我感到难过，因为那个十五岁的女孩还不如六岁时的自己，尽管她一直都渴望勇气、力量和能力，去对抗她所恐惧的东西。恐惧催生了沉默，而沉默又滋养了恐惧，我任由它主宰自己。即使在那里，那个房间内，全世界唯一让我了解自己是什么人的地方，我也不敢去猜想，自己会成为什么样的人。

就算已经过去了十年，也很难真实地写下我是怎么骗自己的。无论是书写自己的勇气，还是书写自己的懦弱，都十分艰难。但我希望这本书尽可能真实，对于神谕院的记录有点作用，并以此纪念我的母亲德迦洛，我将这本书献给她。我想厘清这么多年以来的回忆，因为我希望讲述自己第一次遇到歌里的情形。然而在我十六七岁的时候，我的心智没有什么理性可言。完全是天真无知，充满了激烈的愤怒和热爱。

我内心的宁静，具备的智识，来自我对领爵的爱、他对我的亲切，以及来自书里。我所写的这本书最重要的就是关于书籍。我们之所以身处险境，就是书籍所致，所冒的风险也源于它，而书也赋予我们力量。阿尔德人害怕书是有道理的。如果说有书籍之神，那就是造物和毁灭之神桑帕。

在领爵给我读的书里面，我最爱的诗歌是《嬗变》，最爱的故事则是《曼瓦领主传》。我知道《曼瓦领主传》是故事，并非历史，但我从中得到了我所需所欲的真理：关于勇气、友谊、对死亡的忠诚，关于抵抗民族的敌人，将他们赶出自己的国土。十六岁那年的冬天，我一直去密室阅读关于英雄阿迪拉和玛拉的友情故事。我渴望能有一个像阿迪拉那样的志同道合的朋友。跟他一起被驱逐，避入苏尔的雪山深处，和他一起在那里经历磨难，然后与他并肩战斗，像苍鹰一样突入多文的乌合之众，将他们赶回他们的船上——我读了一遍又一遍。当我读到《苏尔老领主》时，我觉得书中的人就像我的领爵——阴郁、身有残疾、高贵、无所畏惧。在我的城市、我的生活中，所有一切都充满恐惧和不信任。我每天在街上目睹的情形让我的心脏缩成一团。我对曼瓦英雄的热爱深入内心——它给了我力量。

那一年，我们收留了街上的流浪女孩博米，领爵在院里的神龛举行了古老的仪式，为她赐姓加尔瓦。她搬进了大厅那边正对索丝塔房间的屋子。她干活儿卖力，做得也很好，大多数时候伊丝塔都很满意，她也是个不错的伙伴。她差不多十三岁的样子，不知道自己出生在哪里，也不知道自己的母亲是什么人。她有很长一段时间都在街上游荡乞讨，老古迪特开始哄她进来，就像引诱一只流浪猫一样。他让她睡在院里的棚子底下，之后让她自己干活儿换吃的，帮他清理马厩，那里堆满了烧过的木料，还有破碎的家具和垃圾。古迪特坚信领爵一定还会养马。“这是有理由的，”他说，“领爵不骑马怎么出门？你要让他自己走路吗？一直走到伊桑甘或多姆？就凭他那双坏腿？跟普普通通的小贩一样，没有一丝一毫的尊贵？这不行的。他得有马，我这样说是有道理的。”

对古迪特，大家一向都没什么办法，只能同意他的话。他又疯又老，弓腰驼背，干活儿特别卖力，尽管干的不一定都是最有用的活儿。他嘴上老是骂骂咧咧，但心地纯净。伊丝塔雇了博米顶替我打扫房子，他暴怒不已，不是对伊丝塔，而是对博米，因为博米“抛弃”了他和他宝贵的马厩。每次隔几个月见到博米，古迪特都指天骂地，咒她的祖先之灵。不过博米不以为意，她压根儿就不知道自己的祖先，也不知道祖先之灵在哪里。后来他也释然了，博米做完分内的家事后会回去帮他干那些粗重的活儿，清理马厩，修整食槽什么的，因为她也同样心地纯净。她会收养小猫，跟古迪特收留她一样。那年夏天，马厩里到处都是小猫。伊丝塔说博米吃饭顶得上十个小姑娘，不过我倒觉得她吃饭相当于一个姑娘加二十只猫。反正马厩终于干净了，这其实还挺幸运的，尽管其实也没什么道理。我们也没有老鼠的麻烦。

伊丝塔用了很长时间才接受这个事实：领爵将我纳入他的辖

下，我受到“教养”。她说这个词的时候总是非常小心，好像在说另一种语言。事实上，在阿尔德人的统治下，说这个词也确实要谨慎，阿尔德人将读书视为故意的邪恶行径。由于这种危险，也因为她自己早已忘记了她小时候学过的那些鬼画符似的字——这是她自己说的（“我问你，那些对一个厨子有什么用？你倒是让我开开眼，怎么用笔墨调酱料！”）——伊丝塔对于我识文断字这回事并不是十分安心。但她也绝对不会有反对的念头，或是质疑领爵的判断或意愿。也许我如此珍视忠诚的品质，就是因为我知道这个家里的所有人都幸而拥有这种品质。

不管怎样，我还是帮着伊丝塔干一些厨房里的活计，以及去市场采买，如果博米有空的话就跟她一起去，她没空我就自己去。我个子还是很矮，骨瘦如柴，穿的衣服是男人的旧衣改小的，看着就跟个孩子一样，至少也是毫不引人注意的男孩子。街上那些小混混有时看出我是女孩，朝我扔石头——跟我同族的安苏尔男孩子，行事跟肮脏下流的阿尔德人一样。我讨厌从他们身边过路，尽量不去他们聚集的地方。我也憎恶那些市场里到处都是、一脸骄狂的阿尔德卫兵，他们号称“维持秩序”，实则就是欺凌市民，看上什么就从小贩那里白拿。我走过他们身边的时候尽量不显出畏缩的样子。我极力放慢脚步，对他们视而不见。他们趾高气扬地站在那里，穿着蓝色斗篷和皮制的胸盔，手持刀剑棍棒。他们很少显得像我一样低微。

然后就到了那个重要的早晨。

那是春末，我的十七岁生日过了四天。索丝塔夏天就要嫁人了，博米帮她为婚礼做针线活儿——绿色的长裙和头饰，还有新郎的外套和头饰。伊丝塔和索丝塔一连几个星期说的全是这些——婚礼婚礼婚礼，针线针线针线。就连博米也跟着喋喋不休。我连试都没试过学做针线，也没想过跌入爱河、结婚什么的。有朝一日，有朝一日我会做好准备，去追寻那样的爱，但还没到时候。我必须得先找到自我。我有诺言需要遵循，有亲近的领爵可以爱，还有许许多多要学的东西。于是那天早晨，她们在那儿聊天，我独自出门去了市场。

那天的天气晴朗宜人。我走下台阶，到了神谕泉。大大的绿色浅池没有水，垃圾遍布，中间的雕像已经破碎，面目无存，出水的管子断在那里。在我出生很久之前，泉眼就一直是干的，不过我还是站在边上，念诵了泉水之神的祷文。我想着，这里为什么名为神谕泉，以及加尔瓦曼德为什么有时被称为神谕院。这个念头也不是第一次产生了。我应当问问领爵，我心里想着。

我从干涸的泉眼往上看，视线越过城市，看到海峡对面的苏尔就像石头和冰雪形成的白色巨浪，一层薄雾从山巅向北飘去，如同旗帜一般。我想到了阿迪拉和玛拉，还有他们衣衫褴褛的士兵，被驱赶到冰封的高山上，没有东西吃，也没有火种，他们跪地向山神和冰川精灵祈祷。一只乌鸦飞向他们，嘴里叼着一束叶子，丢在阿迪拉面前。他们感谢了乌鸦，将仅有的一点面包奉献给它："黑铁之喙衔来了天赐的绿色希望。"我脑子里总想着那些英雄。

我念了给苏尔和海神修涅的祷词，刚刚转过岬角就能看到修涅白色的长鬃。我念念有词地迈过门槛石，在转角处碰了碰街神的神龛，然后向左转，前往西大街。我决定去港口集市，从那里买东西回家要远一些，但那个集市比山丘集市好点。我很高兴能出门，看到阳光照进运河深处，照见蓝绿的颜色，还有桥上的雕刻映出的鲜明影子。

阳光和海风都令人愉悦。我一路走着，非常确信神明与我同在，我无所畏惧。我经过市场上守卫的阿尔德士兵，把他们当作木头桩子。

港口集市是一条宽阔的大理石步道，北边和东边是海关大楼的红色拱廊，南边是海军上将塔，西面通向港口和海上。长长的大理石台阶梯级不高，配着弧形的雕花栏杆，通往海事处的船库和碎石海滩。那天早上只有阳光、和风、白色的大理石、蓝色的大海，不远处是市场摊位的彩色雨篷和伞，还有活力十足的市场喧嚷。我经过了市集之神，那是一块圆石头，象征着城里最古老的神——勒罗，他的名字意味着公正、协调、行善。我公然朝神明行礼，根本没想到阿尔德士兵。

我这辈子都没做过这件事。我十岁时，曾看见士兵痛打一个老人，任由他浑身是血、昏迷不醒地倒在街上，就在他曾行礼的一个空神台下面。士兵们在的时候，没有人敢靠近他。我哭着跑开，不知道那个人是否已经没命了。我并没有忘记这一幕，但没关系。这一天我没有丝毫恐惧。这是得到赐福的一天，神圣的一天。

我继续穿过广场，什么都要看看。我喜欢这里的摊位、商品，还有满口欺哄、脏话连篇的小贩。我本来要去鱼市，但绕了点路，刚好看见有人在海军塔前支起一个帐篷。我问一个卖脏兮兮的冰糖的小贩，那个帐篷是干什么的。

“一个特别棒的高地说书人，”他说，“很有名的。我可以替您占个位子，小老板。”就像俗话说的，市集上的男孩们连大粪也能换成钱。

“我自己能占位子。”我说。他说：“噢，这儿一下子就会挤得不可开交了——他整天都会在这儿，名气大得不得了——只要半便士，给您占个最前面的位子怎么样？”

我朝他笑了笑，走了。

不过我还是挺想去帐篷那里的。我想干点蠢事，比如听人说书。阿尔德人对作书人和说书人非常痴迷。据说阿尔德人但凡有钱，都会在随从里安排一个说书人，军队的每个连队也会有一个。领爵告诉我，阿尔德人到来之前，安苏尔并没有太多的说书人，但现在书籍被禁之后，说书人多了起来。有少数我们同族的人在街角说书，挣些小钱。我也驻足听过几次，但他们主要是讲阿尔德的故事，好获得士兵打赏。我不喜欢阿尔德的故事，全都是他们的战争、他们的战士，还有他们的暴虐神明，我对这些一丁点儿也不在乎。

吸引我的是“高地”这个词。来自高地的人不会是阿尔德人。高地远在北方。我甚至从没听说过他们，也不知道那些遥远的国度，直到去年才有所见闻，那会儿我读到了厄朗特的《伟大历史》，书里有西岸所有国度的地图。市集上那个男孩只是听过这个词，随口学舌，对他来说这个词毫无意义，只不过是某个非常远的地方。即使对厄朗特来说，高地也更多的只是传闻。我走过补锅匠的摊位，朝卖鱼妇人走去，一路上想不起来他的地图里关于高地的部分，除了有一座大山，它的名字非常古怪，我不记得了。

我讨价还价后买了一条大红斑鱼，足够我们所有人吃一天，连猫都有份儿，明天早上还能做个鱼头汤。我转了一圈儿，买了块新鲜奶酪，还有一些看着还行的粗劣蔬菜。准备回家之前，我信步走到帐篷那里，看看有没有动静。人群围得密密层层。我从人们头顶上方看见有骑手，还有上下一点一点的马头：两名阿尔德军官。阿尔德人没有从他们的沙漠里把女人带过来，但带来了精致漂亮的马儿，他们精心照顾自己的马儿，以至有个街头笑话说马儿是“士兵的老婆”。

这会儿人群都躲着马，但后面一阵骚动，场面颇为混乱。突然之间，其中一匹马嘶鸣暴跳，狂奔起来，僵着腿像生马驹一样乱冲乱撞。我前面的人群拼命后退，给它让开路。它直直地朝我冲了过来。我身后还有一大堆人挤着，根本动弹不得。马冲到了我跟前——马背上没人，晃荡的缰绳甩到我手上，就好像特意送上来似的。我抓住绳子猛地一拉。马头一低，垂在我的肩膀边，它的眼睛疯狂地转动着。那个脑袋看着奇大无比，填满了我的整个视野。但马儿已经停了下来，我缩短了手里的缰绳，抓住马勒，站在那里一动不动，不知道还能做什么。马甩了甩头，我的双脚有点离开了地面，但我紧紧地抓着，完全是出于害怕。马儿大大地喷了个响鼻，站着不动了——甚至还轻轻地推了我一下，好像要保护我似的。

我身边的人全都在大喊大叫，我只想到怎么让他们不要再惊了马。“安静，安静！”我傻乎乎地对叫喊的人群说。他们好像听到了我的话，开始后退，马后面的大理石路面空了出来。日光照着那片白色的地方，那个阿尔德军官就在那里，他从马上跌了下来，摔得很重，万分震惊地躺在地上，他身边站着一个女人，还有一头狮子。

女人和狮子并排站着。他们一动起来，路上空出来的地方也随之而动。人群几乎悄无声息。

在女人和狮子的身后，我看到一辆马车的顶。他们转向马车。人群退开去，路面像有魔力一般显现出来。那是一辆小型的商队马车。拉车的两匹马安静地站着，背朝我们。那个女人打开车厢的后门，狮子一跃而上，尾巴甩了个漂亮的弧线，消失在车里，女人闩上了门。她马上又转身回来，人群再次从她身边退开，虽然狮子不在了。

她跪在那名阿尔德军官旁边，那个人坐了起来，显得有点晕乎乎的。她跟他说了几句话，然后起身朝我站着的地方走过来，我手里仍然拉着马，因为不敢放开它。人群推推搡搡地后退，又把马吓到了。它猛地一拉我手里握着的勒子，我手臂上挂着的菜篮子掉了，里面的鱼、奶酪、青菜飞得到处都是，这下子马儿惊得更厉害，我拉不住它了——不过那个女人已经来到跟前。她把手搭在马颈上，对它说了什么。马摇了摇头，胸腔里发出低沉的声音，站着不动了。

她伸出手，我把缰绳递给了她。“做得好。”她对我说，

“做得好！”然后她又跟马儿说了什么，紧贴着它的耳朵，声音很轻柔，并向马的鼻孔里吹了口气。马儿长出一口气，低下头。趁着那些吃的还没被人踩踏或偷走，我慌慌张张地收拾我们接下来两天的口粮。见我忙着在路上捡东西，那个女人重重地拍了一下马，弯下腰来给我帮忙。我们急匆匆地将鱼和青菜撮进篮子里，人群中有人把奶酪扔给了我。

“谢谢你，安苏尔的好人！”那个女人说道，她的嗓音清澈，带着外国口音。“他应当得到奖赏，这个男孩！”那个军官这会儿也摇摇晃晃地站在马的另一侧，女人对他说：“这个男孩抓住了您的马，队长。我的狮子惊了马儿。我请求您的原谅。”

“狮子，对。”那个阿尔德人说，还是一副晕头晕脑的样子。他瞪着她，又瞪着我，过了一会儿，他伸手在腰带的袋子里掏了掏，拿出一样东西递给我——一分钱。

我紧紧抓着自己的篮子，对他和他手里的一分钱视而不见。

“哇，太大方了，太慷慨了。”人群窃窃私语，有的人还拉长声音哼了起来，“真是数不尽的财宝啊！”那军官环视四周，狠狠地瞪着众人。最后他重新将注意力放到面前的女人身上，她还牵着他的马缰绳。

“把你的手拿开！”他说，“你……女人……是你让那头畜生……一头狮子……”

女人把缰绳扔给他，轻轻拍了拍马，闪身走入了人群。这一次，人们在她身后围拢。没一会儿，我看见马车的车顶渐渐远去。

我见识了隐身的智慧，信步走开，进了旧衣市场，那个军官还在那里催着马儿迈步。

旧衣摊老板叫“高帽子”，站在她的凳子上从头到尾看完了这场戏。她爬下凳子。“习惯了跟马打交道，你？”她对我说。

“不是，”我说道，“那是头狮子吗？”

“不管是什么，反正它是跟说书人一起的。还有他妻子。据说是这样。留下来听他说书吧。都说他在说书人里可是头一份儿的。”

“我得把鱼拿回去。”

“呀。鱼可不能等。”她一双犀利刻薄的小眼睛盯着我，“给。”她说着，手指一弹，扔给我一样东西，我轻轻松松地接住了。那是一分钱。她已经转身走开了。

我说了声谢谢。我把钱放在勒罗下面的凹处，人们会在那里留下给神明的供奉，而更穷苦的人会拿走它们。我还是不在乎卫兵会不会看到我，因为我知道他们不会。我离开市场，刚刚走上西街，经过海关高高的红色拱门，就听到一阵马蹄声，还有车轮咔嗒作响的声音。两匹马拉着那辆商队马车沿着海关大街走了过来。狮子女高高地坐在驭手的位置上。

“搭车吗？”她说着，马儿停了下来。

我犹豫了一下。我差点就说“谢谢，不用了”。这种感觉很新奇，而以前从来没有过新奇的事情，所以我不知道该怎么办。我对着陌生人也很不自在。我就不喜欢跟人打交道。但那天运气挺好的，而拒绝好运与作恶无异。我感谢了她，爬上她身后的位子。

那儿似乎离地特别高。

“去哪儿？”

我指指西街。

她好像什么也没做，既没甩缰绳，也没弹舌头，我以前看见那些驭手都是这样的，但马儿们直接迈开了步子。高一些的马是漂亮的红棕色，几乎跟《罗斯坦》的封面一样红，个子小一些的马则是浅棕色，腿、鬃毛和尾巴是黑色，前额上一点白，像一颗星星。它们比阿尔德马要大一些，看起来更平和温驯。它们的耳朵前后动个不停，一直听着动静。这番景象令人心情愉悦。

我们走过几个街区，一路无话。从这么高的地方俯瞰运河，看到那些桥、建筑的立面和窗户，感觉很有意思，看到路上的行人，能体会骑马的人看到他们的感觉——居高临下。我觉得自己好像高人一等似的。

“那头狮子——刚才那头——在马车里？”我终于问出了口。

“半狮。”她说。

“来自阿苏达尔沙漠！”她说出“半狮”这个字眼时，我想起《伟大历史》里提到的这种生物，还有图画。

“是的，”她说着，瞥了我一眼，“所以它可能吓到了那匹马。它知道它是什么。”

“但你不是阿尔德人。”我说，心里突然害怕她是，虽然她皮肤黝黑，眸色很深，不可能是阿尔德人。

“我来自高地。”

“极北之地！”我说道，然后恨不得咬掉自己的舌头。

她斜眼看着我，我等着她指责我读书。但她注意到的不是这个。

“你不是男孩，”她说，“噢，我可真蠢。”

“不，我打扮得像男孩，因为……”我没说下去。

她点点头，意思是无须解释。

“那你是怎么学会控制马的？”她问道。

“我没学过。以前从来没碰过马。”

她吹了声口哨。哨音不高，十分婉转，像一只小鸟。“嗯，那你手法不错，要么就是运气太好！”

她的笑容非常愉快。我很想告诉她，那是运气使然，勒罗和幸运聋神赐予我神圣的一天，但我害怕说得太多了。

“我还想着你能带我给这两匹马儿找个不错的马厩呢，我以为你是个小马童。你动作很快，非常冷静，跟我见过的老练马夫一样。”

“呃，那匹马儿是直接冲着我过来的。”

“它是冲着你。”她说。

我们随着嘚嘚的马蹄声，随意聊着，又经过了一个街区。

“我们有一个马厩。”我说。

她笑起来：“啊哈！”

“我得先问问。”

“当然。”

“马厩里没有马。也没有草料，什么都没有。自从……很多年都没有过了。不过是干净的，有一些干草，给猫的。”我每次只要一张嘴就说多了。我咬紧了牙。

“你真是好心。如果不方便的话也没关系。我们能找到地方。其实，首领已经提出让我们用他的马厩了。但我还是不想欠他的人情。”她快速地瞥了我一眼。

我喜欢她。从我看见她站在她那头狮子边上的一刻起，我就喜欢上她了。我喜欢她说话的方式，她说的话，还有她的一切。

上天所赐，万不能辞。

我说：“我是德迦洛·加尔瓦之女，加尔瓦曼德的梅默。”

她说：“我是罗德莽的歌里·巴尔。”

互相介绍之后，我们有些窘，一路沉默地到了加尔瓦街。“就是这所房子。”我说。

她用惊叹的语气说：“这房子太美了。”

加尔瓦曼德非常宏伟堂皇，庭院开阔，有石头建造的拱门，还有高高的窗户，但已经毁去一半，因此来自远方、见多识广的人看出它的美，让我深受感动。

“这里是神谕院，”我说，“领爵的宅邸。”

话音刚落，马儿们突然停下了。

歌里一脸茫然地看了我一会儿：“加尔瓦——领爵——嘿，醒醒！”马儿们又耐心地迈开了步子。“这真是大大出乎意料的一天。”她说。

“今天是勒罗的日子。”我说。我们在街口，我从座位上滑下去，碰了碰门槛石。我让歌里进去，经过前院神谕泉干涸的池子，绕到屋子侧面，走向通往马厩那个院子的拱门。

古迪特嘟嘟囔囔地走出来。“以你所有那些蠢货祖先的鬼魂的名义，你以为我要拿燕麦做啥？”他吼道。他走上来，开始卸下红马身上的套具。

“等会儿，等一下，”我说，“我得先去跟领爵说说。”

“说你的去，你说的时候牲畜们总可以喝点水吧，这还不行吗？来，放着吧，夫人。我来就好。”

歌里让他解开了马，把马牵到水槽边上。她看着老人打开水龙头，清水哗哗地流进水槽里。她兴味盎然，一脸钦羡。“你从哪里把水弄来的？”她问古迪特，然后他开始给她讲加尔瓦曼德的自流泉。

我经过马车时，车子晃了晃。里面可是有头狮子。我猜想古迪特如果知道了会说什么。

我跑进房子。

领爵在后廊上，跟迪萨克说话。迪萨克不是安苏尔土生土长的，而是来自桑德拉曼；他曾在他们的军队中当兵。他从未拿书来，也没说起过书。他站得笔直，说话粗声粗气，很少露出笑容。我觉得他肯定有很多伤心事。他和领爵是好朋友，彼此敬重。他们聊起来没个完，总是避着人。他们坐在一个房间尽头的窗户边，那里有一小片阳光透进来。我走过去时，他们都颇为严肃地看着我，一言不发。这所宅院的后半部分，也是最古老的部分，全是石头，而且是直接倚着山麓建的，寒气逼人，我们没有多少木柴给那些房间供暖。

我向他们问好。领爵扬起眉毛，等着我开口说有什么事情。

“有来自极北的行客，需要找地方喂马。男的是说书人，女的，”我停顿了一下，“她有一头狮子——一头半狮。我跟她说我得问问能不能让他们把马放在这儿。”我说的时候，觉得自己就像《曼瓦领主传》里的人，应某个高贵客人之请，向高贵的主人请示。

“要把戏的，”迪萨克说，“游民。”

听着他轻蔑的语气，我火冒三丈，我说：“不是！”

面对我的无礼举动，领爵眉毛一沉。

“她是来自高地罗德莽巴尔家族的歌里。”我说。

“那么高地又是什么地方呢？”迪萨克说，他对我说话的语气好像对着个小孩子。

“在极北之地。”我说。

领爵说：“梅默，能不能再详细说说？”他让我继续翻译一行阿瑞坦语，或解释什么事情的时候，总是这么说。他喜欢我有条不紊、条理分明。我尽量做到。

“她丈夫来这儿的港口集市说书，所以他们在那里。她的狮子惊了一个阿尔德人的马。我抓住了马，然后她让马平静下来。后来我回家时碰上她和她的马车，她把我捎回来了。她想找个马厩。狮子在马车里。古迪特在饮马。”

我说到回家时才意识到，菜篮子里装着十磅重的鱼，还有奶酪和青菜，还沉甸甸地挂在我的胳膊上。

房间里静了一下。

“你答应让她用马厩？”

“我说了要先问你。”

“你能不能请她来我这里？”

“好的。”我说着，赶紧走出来了。

我把菜篮子放到了食品间的阴凉橱子里——伊丝塔和其他人都还在工作间干缝补的活儿——然后跑回马厩的院子。歌里和古迪特正在聊狗，其实就是古迪特跟她说当年加尔瓦曼德那些特别棒的追随犬，它们会跟着马儿跑，还能看门。“现在只有猫了。到处都是猫，”他说着往边上吐了口痰，“没有肉喂狗了，你看。这是有原因的。在围城那些年里，它们自己也成了人家嘴里的肉，那些狗。”

“也许现在你们没有猎犬倒是好事，”她说，“它们会被马车里的东西吓到的。”

我说：“领爵问能不能请你进去。他本来愿意自己过来，但他走不了太远的路。”我非常希望恰如其分、高贵慷慨地欢迎她，就像曼瓦领主们欢迎陌生人来到自己的宅邸。

“乐意之至，”她说，“但首先——”

“马儿就交给我吧，”古迪特说，“我会把它们俩都放进散放圈里，然后去那边的波斯提家里弄点干草。”

“马车里有一捆干草，还有一桶燕麦。”歌里说着就要领他过去，但古迪特挥手打断了她的话——“不不不，没人来领爵家里还要自带草料的。来这边走，老夫人。”

“牝马叫星辰，”歌里说，“牡马叫布兰提。”听到自己的名字，两匹马都转头看着她，牡马轻轻喷了一下鼻子。

“另外，最好还是让你知道马车里还有什么。”歌里说。她的嗓音有点特别，虽然声音不高，语气温和，但就连古迪特也转过来仔细听着。

“一只猫，”她说，“特别的猫。不过很大。它很可靠，但不能吓到它。请不要打开马车的门。梅默，我该把它留在马车里吗？还是带它一起进去？”

运气来了的时候不妨尽情利用。我希望迪萨克亲眼看看“马戏团”的狮子，然后被吓得浑身僵硬。“如果你想带着它……”

她玩味地看了我一会儿。

“最好还是把它留在这儿吧。”她微笑着说。想想伊丝塔和索丝塔要是看见一头狮子经过走廊会狂喊尖叫成什么样，我知道她是对的。

她跟着我穿过一个个院子，绕到前面的门口。在门槛那里，她停下脚步，默念宾客向家神的祷词。

“你们的神明跟我们的一样吗？”我问道。

“高地人没有太多的神明。不过身为旅行者，我学会了尊崇任何神明或神灵，并祈求保佑。只要他们愿意。”

我喜欢这种态度。

“阿尔德人对我们的神明吐口水。”我说。

“水手有句话说，朝着风吐口水是不智之举。”她说。

我带她走了远的那条路，想让她看看会客厅和主庭院，宽阔的走廊，通向古老的资料室和画室，还有内院。那些地方全都空空荡荡，没有任何家具陈设，雕像破碎，挂饰都已失窃，地板无人擦洗。让她看到这一切，我心里半是自豪，半是苦涩羞愧。

她穿行其中，眼睛睁得大大的，闪着热切的神色。她有种警惕的感觉。她随和率直，但沉默自控，保持着警觉，就像一头勇敢的动物来到陌生的地界。

我敲了敲后廊上的雕花门，领爵示意我们进去。迪萨克已经走了。领爵站着迎候客人。他们介绍自己的时候很正式地互相低头致意。“欢迎光临我族人的房子。”他说道，而她则回答：“我向加尔瓦家族及其人民致意，并向贵家族的神明和祖先致敬。”

他们抬头直视彼此时，我发现他的眼里闪着好奇和兴味，她则是满眼兴奋。

“你这份致意可是远道而来。”他说。

“为了见到苏尔特·加尔瓦领爵。”

他脸一沉，就像合上了一本书。

“安苏尔没有爵爷，只有阿尔德人。”他说，“我只是个无足轻重的人。”

歌里瞥了我一眼，似乎想让我帮帮忙，但我帮不上她。她对他说：“请原谅我言语有失。但能否容我告诉您，我们为什么来到安苏尔，我丈夫奥莱克·喀司普罗和我？”

听到这个名字，他显得极其惊愕，跟歌里从我口中听到他的头衔时的反应一样。

“喀司普罗在这儿？”他说，“奥莱克·喀司普罗？”他深吸一口气。他定了定神，用最沉着、最正式的语气说道：“这位诗人的名气远播，他的光临是我们整个城市的荣幸。梅默跟我说有一位说书人要在市场说书，但我不知道是哪位。”

“他还将为阿尔德人的首领说书。”歌里说，“首领派人叫我丈夫前来。但这不是我们来到安苏尔的原因。”

中间的停顿气氛颇为沉重。

“我们找的就是这里。”歌里说，“而您的女儿带我们来到了这儿——虽然我当时并不知道她是这里的孩子，她也不知道我要来这儿。”

他看看我。

“是真的。”我说。由于他仍然看着我，一脸怀疑的样子，我又说道："神明一整天都眷顾着我。今天是得到勒罗保佑的一天。"

这话打动了他。他用左手的第一个指节摩挲着上嘴唇，这是他沉思时的习惯。然后他突然之间做出了决定，疑虑神色一扫而空。"既然你是经由勒罗之手被带到了这里，这所宅子会保佑你。"他说，"所有一切都归属于你。请坐好吗，歌里·巴尔？"

他示意她坐到那张爪形椅脚的椅子上，我注意到她在观察他的行动，而他自己在扶手椅上坐下时，她也看到了他残疾的双手。

我坐在桌子旁边的高凳上。

"正如您对喀司普罗的名气有所耳闻，"她说，"我们对安苏尔的藏书室也是闻名已久。"

"你丈夫来这儿是为了看看那些藏书室？"

"他从书中寻求技艺和灵魂的滋养。"她说道。

听了这话，我简直想把自己的整颗心都献给她，还有她丈夫。

"他一定知道，"领爵毫无波澜地说，"安苏尔的书籍都已销毁，很多读过书的人也性命不保。这座城里不允许有藏书室。书面文字是禁忌之事。语言是唯一的神明阿忒斯的气息，也只能在呼吸之间说出。将它截留于书面文字是亵渎神明、令人憎恶的行为。”

我瑟缩了一下，极其不喜欢从他嘴里听到这样的话。

他的语气就好像他相信这些，好像这是他自己要说的。

歌里沉默不语。

他说：“我希望奥莱克·喀司普罗没有带着书来。”

“没有，”她说，“他是来找书的。”

“就像在海里寻找篝火。”他说。

她马上回了一句：“或是在沙漠的石头里找牛奶。”

当她说出德尼奥斯的诗句下句时，我看到他眼中的光芒，几乎一闪即逝。

“他可以来这里吗？”她问道，态度十分谦逊。

我想高声大叫：可以！行！领爵却没有即刻回以热情邀请他的话，没有表示欢迎。我十分震惊，大感羞愧。他犹豫了一下，然后说道：“他是伊欧拉斯首领的客人？”

“我们在俄尔岱欧的时候收到口信说，若奥莱克·喀司普罗，作书人的佼佼者，愿意前来献艺，阿尔德人驻安苏尔的首领伊欧拉斯将会表示欢迎。我们得知伊欧拉斯首领非常喜欢听人讲述故事和吟诵诗歌，他的臣民也一样，于是我们就来了。但不是他的客人。他为我们的马提供了马厩，但没有给我们提供容身之所。如果不信奉他的神明的人进了他家，就是对神明不敬。奥莱克为首领献艺也会是在户外，露天的场合。”

领爵说了句阿瑞坦语；我不是很确定，但我觉得其中的意思是天空有足够的空间容纳所有星辰和神明。他看着她，想看看她是否听懂了。

她歪了歪头：“我是个无知妇人。”她以自己那种温文的态度说道。

他笑起来：“那可说不上！”

“不，是真的。我丈夫教了我一点东西，但我自己的智识不在言辞。我的灵能是聆听那些不会说话的生物。”

“你带着一头狮子，梅默说。”

“是的。我们经常出远门，旅人很容易遭遇袭击。我们的一条很好的狗死了以后，我想另外找一个可用来护卫的同伴。我们遇到一群游牧民、说书人和乐师，他们在瓦达尔瓦以南的沙漠丘陵中抓住了一头半狮和它的幼崽。他们留下了母狮用来表演，把幼崽卖给了我们。它是个很好的旅伴，值得信任。”

“它叫什么名字？”我很小声地问道。

“曦塔。”

“它现在在哪里？”领爵问。

“在我们的马车上，停在您的马场里。”

“我想看看它。鉴于我也不受信仰的束缚，我可以自由地让你们托庇于我的屋顶之下——歌里·巴尔——你和你丈夫、你们的马，还有狮子。”

她感谢他的慷慨大方，他则说道：“穷人有的是慷慨之心。”自从她说出她丈夫的名字之后，领爵一直满脸神采奕奕。“梅默，”他说，“哪个房间——？”

这个我早就想好了，而且还在盘算如果伊丝塔拿那条鱼做个炖菜，够不够八个人吃。“东边的房间。”我说。

“院长室怎么样？”

我吓了一跳，因为我知道，他母亲曾经住过那间漂亮、宽大的套房，就在他的房间楼上，位于这所宅子最古老的部分。很久以前，加尔瓦曼德还有安苏尔的大学和藏书室的时候，那个套间属于院长。那里的小格子镶嵌玻璃窗没有打破，从那儿可以俯瞰苏尔以西的房子较低的屋顶。现在，那里面有个床架，此外别无他物。但我可以从东边的房间拿一床垫子过去，再从我自己的房间拿把椅子。

“我会去生个火。”我说，因为我知道，那个没有人住的房间会十分阴冷。

领爵极其亲切地看着我。他对歌里·巴尔说：“梅默是我的左右手，也是我的军师。她不是我血缘上的女儿，但她是我族的后人，在我心里她跟我女儿无异。她与我有着共同的神明和祖先。”

我早就知道自己是加尔瓦的血脉，但听到他说这番话，我还是有种痛苦的欢愉。

“在市场上，”歌里说，“一匹马看到我的大猫后受惊了。它把骑手甩下马，直冲着梅默而去。她抓住了缰绳，制住了马。”

“我去整理房间。”我说道，赞美之词听着怪难为情的。

歌里打了个招呼，跟我一起走了，她想帮我整理房间。我们铺了床，在壁炉里生了火，这就行了，她说她要去港口集市叫她丈夫过来。我特别想听他说书，她也看出来了。“他应该差不多讲完了，我觉得。”她说道，“不过如果你陪我去，我会很开心的。我把曦塔留在马车上吧。它在那儿没问题。”我们出门的时候她又说：“一头狮子就足够了。”

这叫我怎么可能不喜欢她？

于是歌里·巴尔和我步行回到了港口集市。在那里，我第一次听到作书人奥莱克·喀司普罗说书。

帐篷里人群爆满，前面和侧面的帘子都卷了上去，让人们可以站在外面，挤挤挨挨地就像山麓的树林，全都一动不动地听着。他在给他们讲德尼奥斯的《嬗变》中的《火尾鸟》。我知道这个故事，安苏尔上了年纪的人也知道，但对阿尔德士兵——现场有很多，占据了最好的位置，在帐篷里面，靠近舞台——对大多数年轻人来说，这个故事十分新奇，引人入胜。所有人都站在那里，嘴唇翕动，眼睛瞪得大大的，全身心沉浸在这部叙事诗中。我也同样听得入了迷，听着说书人平静、洪亮的声音和清晰的北方口音，我眼里的他已经不是他了。我一边听，一边犹如置身故事里的世界。

他讲完之后，爆满的人群静立无声。过了好一会儿，才如梦初醒地说："啊！"接着他们开始喝彩，阿尔德人拍手拍得特别响亮，而我们则是大喊古老的喝彩口号："唉嗬，唉嗬！"就在那时我看见了他，英俊瘦削，身形笔直，皮肤黝黑，高高地站在台上，带着一股不羁的姿态，尽管他对人群极其谦和亲切。

我们过了很长时间才走到他身边。"我该带上另一头狮子的。"歌里说。我们徒劳地想从大群士兵和军官背后穿过去，他们披着蓝色斗篷，满头卷发，佩剑带弓，还拿着棍棒，全都挤在说书人周围。他已经从台上下来，走到他们中间。

他跳回台上，扫视着人群。歌里打了个呼哨，这一次声音很大，哨声尖厉。他马上就看见她了。她朝我们左边点头示意。几分钟后，他在海关大楼的台阶上跟我们会合了。

这会儿士兵已经散去，很多平民跟着他，但他们有些胆怯，不敢走得太近。只有一个老人走到他面前，深深地鞠躬，就像我们感谢神明时鞠躬的姿态，双手张开，这是为了敬献供奉和收受赐予。“赞美作书人。”他轻声说。他直起身，快步走开了，眼里含着泪水。这个人曾经不止一次拿着书送到领爵那里。我不知道他叫什么名字。

奥莱克·喀司普罗看到我们，大步走上前来。他拉着歌里的双手。“带我出去！”过了好一会儿，他说道，“曦塔在哪里？”

“在加尔瓦曼德，”她说，带着北方口音，“这位是德迦洛的女儿，加尔瓦曼德的梅默。我们要去那里做客。”

他瞪大了眼睛。他彬彬有礼地跟我打招呼，没有问什么问题，但从他的表情看，他应该有不少疑惑。

“请容我失陪一下，”我冲动地脱口而出，“早上我有东西忘在市场了。你知道怎么走。我会赶上你们的。”然后我就先走了。伊丝塔得做八个人的菜，肯定还需要更多青菜。

我一直很疑惑，作书人在故事里面为什么完全不提家务活和做饭。这难道不是所有伟大的战争战役的意义所在——为了让一家人在一天结束后能在平静祥和的家里一起吃顿饭？传说讲述了曼瓦领主在苏尔丘陵地带流亡时露宿野外，怎样打猎、采集植物根茎，怎么做饭，但没讲过他们的妻子儿女生活在被敌人掳掠之后荒凉残破的城市里，靠什么生活。他们那个时候也一样想尽办法找东西糊口，清扫房子，供奉神明，跟我们在围城期间，还有在阿尔德人的暴政之下所做的一样。当英雄从山野归来，迎接他们的是盛宴大餐。我很想知道宴会上吃的是什么，那些妇女又是怎么弄出来的。

我从盖尔布桥那里准备往山上走的时候，看到歌里和她丈夫已经到了西街尽头。我走进厨房时，索丝塔和博米都是一脸兴奋，她们已经见过客人了。伊丝塔则是在大发雷霆的边缘——“以毁灭神桑帕的名义，一条小得可怜的鱼加一棵甘蓝，怎么拿来待客？”多亏我带回来的青菜和芹菜根，一场灾难才得以避免。她开始动手磨姜、切菜，毫不留情地支使博米干活儿，就连索丝塔也未能幸免。只要有伊丝塔在，加尔瓦曼德绝不会怠慢客人，绝不会让先人颜面无光。我所说的家务活指的就是这个。如果这不是重要的事情，还有什么是重要的？如果这不算体面，体面又表现在什么地方？

伊丝塔会给我们讲，想当年大宴会厅里举行四十个人的豪华宴会，但我们用餐一直都是在她所说的储藏间，那是宴会厅和厨房中间的一个大房间，有很多架子和台子。古迪特用松木碎料拼了张餐桌，我们四处找了几把椅子。领爵每天走得最远的路往往是从他的房间穿过走廊，经过楼梯和内院，到储藏间来吃饭。今晚他穿着那件沉重僵硬的灰色长袍，那是以前的好日子剩下来的唯一像样的衣服了。我们大家都把自己收拾了一下，除了古迪特，他散发着一股子马儿的味道。歌里穿着红色长衬衫、窄窄的丝绸裤子，她丈夫穿着白色衬衫、黑色外套，配着黑色褶裙，膝盖以下的腿都露在外面。他一身黑色非常帅气，索丝塔眼睛直盯着他，跟市场里石板上的鱼一样。

领爵尽管行动不便，也依然潇洒，他问候奥莱克·喀司普罗的时候，我又想起了阿迪拉和玛拉两位英雄。他和喀司普罗都站得笔直，不过领爵肯定费了更大的力气。

我们在桌旁就座。领爵的右手边是歌里，左手边是喀司普罗，索丝塔挨着博米坐在下方，古迪特坐我旁边，桌子末端的位子是空的，因为伊丝塔不肯跟我们坐在一起，她要等到大家快吃完了才上桌。“厨子上桌，饭菜煳锅。”她说。以前家里人更多，要做的饭也更多的时候，这话可能是没错。领爵和我分别以男女主人的身份祷告时，她站在边上，然后我们吃着她做的味道顶呱呱的面包和炖鱼，她却无影无踪了。出于家族的荣耀，我很高兴饭菜如此美味。

“你们安苏尔人和我们高地人的做法一样。”喀司普罗说。他的嗓音是他最美的部分，像六弦琴一样。“一家人都坐在一起吃饭，让我有种回到了家里的感觉。”

“跟我们说说高地的事吧。”领爵说。

喀司普罗微笑着环顾我们大家，不知道从何说起："你们对那个地方有任何了解吗？"

"它在北边很远的地方，"我说道，因为没人出声，"有很多小山丘，还有一座雄伟的高山——"然后我很自然地说出了它的名称，好像眼前就是厄朗特笔下的地图——"喀兰塔奇山？据说那里的人还有巫术。但这只是厄朗特的说法。"

博米和索丝塔瞪大眼睛，要是我懂得什么她们不懂的东西，她们总是这副样子。我觉得那样很蠢——好比她们每次说到怎么给衣袖包边之类的东西，我都应该做出一副瞪着眼睛的蠢样子。我也不是总能明白她们说的，但不会瞪着她们，就好像她们是疯了才会懂得那些事情。

喀司普罗对我说："喀兰塔奇山是我们的圣山，就像苏尔之于你们。高地全是山丘和石头，那里的农民都很穷，他们有的人确实有一些能力；但'巫术'这个词很危险。我们称之为灵能。"

"在阿尔德人那里，我们称之为啥也不是，"歌里用干巴巴的、有一丝调侃的语气说，"我们可不想因为自己来自具有灵能的种族，被当成罪人拿石头砸死。"

"什么——？"博米开口道，然后又卡壳了。她一时有些羞怯。歌里鼓励了她，博米问道："你有灵能吗？"

“我跟动物合得来，它们也喜欢我。这种灵能叫召唤，但其实更像是倾听。”

“我没有灵能。”喀司普罗微笑着说。

“我不敢相信你这么不知感恩。”领爵说，他没有开玩笑的意思。

喀司普罗接受了这番谴责。“你说得对，领爵。我的确领受了一种伟大的灵能。但它是……它是错误的。”他皱了皱眉，搜肠刮肚地想找到合适的字眼，似乎他应当坦诚回应是世界上最重要的事，“不是对我来说是错的，而是对我的族人。这种灵能让我离开了他们，离开了高地。我从我的技艺里得到了极大的愉悦。但有时……有时我内心非常难过，想念家乡的岩石、沼泽，还有沉静的山丘。”

领爵耐心地看着他，没有评判的意味，充满赞许：“即使就在自己的城市、在自己家里，也可能会想念家乡，奥莱克·喀司普罗。在这里，你是流亡者中的流亡者。”他举起杯子，里面是水，我们没有酒。“敬我们的归家路途！”他说，我们大家都跟着他举杯而饮。

“如果你的灵能是错误的，那正确的应该是什么样？”博米问道，她的羞怯一旦消失，就无影无踪了。

喀司普罗看着她。他的脸色又变了。本来对于她这个轻飘飘的问题，他也可以给出轻飘飘的回答，她也会满意，但他不是这样的人。

“我家族的灵能是消殒，”他说，下意识地用两只手捂住了眼睛——那一刻的感觉很怪，“但我蒙赐的灵能却是创作。阴差阳错。”他抬起头来，好像十分迷惑。

我看见桌子对面的歌里望着他，露出关切担忧的表情。

“并没有错，”领爵说道，带着一种冷静亲切的威严，有些怪异的气氛也轻松下来，“你所领受的一切，你也在你的诗歌里给了我们。我真希望自己能去听你讲。”

“别刺激他了，”歌里说，“他会一直念诗给你听，念到牛都回栏了。”

索丝塔咯咯笑了起来。我估计这是她第一次听懂人家说什么，而且她肯定觉得“牛都回栏了”这句话挺好玩的。

喀司普罗也笑了，他跟我们说自己能一直不停地聊诗歌。“比起说，我唯一更喜欢的就是倾听，”他说，“或者阅读。”他瞥向领爵的目光中带着某种信号，或是挑战的意味，比这些字眼本身更加沉重。然而，在阿尔德人统治下的城市，“阅读”就是一个沉重的词。

“这里曾经也是绝佳的诗歌殿堂，”我的领主说道，“你要不要再来点鱼，歌里・巴尔？伊丝塔！你到底来还是不来，女人？”

每次领爵提高声调，命令她坐下吃饭时，伊丝塔总是甘之如饴。她马上一阵风似的冲了进来，朝客人点头致意，刚说完饭前祷词，她就问道：“古迪特捣鼓一头狮子干吗？”

“它在马车里，”古迪特说，“我跟你说过了，你这个不敬神的傻瓜。别乱动那辆马车，我告诉你了。你没动吧，动了吗？”

“我当然不可能干这种事情。”古迪特的粗鲁和高声大气让伊丝塔觉得受到了冒犯，她马上做出一副端庄优雅的样子，几乎有些扭捏作态了，“我才不在乎什么狮子不狮子。那它会留在马车里吧？”

“它最好是跟我们在一起，如果不麻烦的话。”歌里说道。但一看索丝塔和博米可能还有伊丝塔听了这话的反应，她赶紧又加了一句，“不过最好它还是就在马车里睡。”

“那儿好像挤了点。我们能见见另外这位客人吗？”领爵说。我从未见过他展露这一面，既亲切又不容置疑。我好像看到了伊丝塔说的好时候的领爵。“它用过晚餐了吗？请带它来吧。”

“噢。”索丝塔害怕地说。

“它总不会吃你，索丝塔。”伊丝塔说，“它应该更喜欢来点鱼吧？”她不会被任何狮子吓倒，“我留下了鱼头，本来是炖汤的。它要吃的话，欢迎之至。”

“谢谢你了，伊丝塔，不过它今天一早吃过了。”歌里说，“而明天是它的禁食日。肥胖的狮子可太难看了。”

“我毫不怀疑。”伊丝塔一本正经地说。

歌里打了声招呼，不一会儿就带着她的半狮走了进来，用一条短短的带子牵着。那头动物大小跟一条大狗差不多，但外形和步态与狗大不相同——像一只猫，身体长而坚实，轻盈，优雅，尾巴长长的，面部很短，宝石般的眼睛朝向前方，与猫无异，走路的步伐既慵懒又威严。它的皮毛是灰褐的砂色，面部周围的毛颜色浅一些，又长又细，嘴巴周围和下巴底下的短毛则是白色。长长的尾巴末端是一团褐色的小绒球。我半是害怕，半是入迷。半狮蹲坐下来，环视我们大家，张开嘴打了个哈欠，露出宽宽的粉色舌头和可怖的白牙，它合上嘴巴，闭上黄玉一样的眼睛，发出咕噜噜的声音。那声音很大，隆隆作响，从容不迫。

“哇，”博米说道，“我能摸摸它吗？”

我也跟着博米。狮子的皮毛触感太好了，又深又密。轻轻挠一挠它漂亮的圆形耳朵周围，它就会蹭你的手，咕噜咕噜的声音也会更大。

歌里把它带到领爵身边。曦塔蹲坐在领爵的位子旁边，他伸出手给它闻了闻。它仔仔细细地嗅了一遍，抬头看着他：不是那种长久的狗狗式的凝视，只是像猫一样机敏的一瞥。他把手放在它头上。曦塔眼睛半睁半闭地蹲坐着，喉咙里咕噜作响，我看见它前脚的大爪子一伸一缩，轻轻抓着石板地面。

吃完晚饭，领爵邀请客人随他去他的套间，还看了我一眼，示意我也跟上。他一瘸一拐，走得很慢，我们跟着他，一路穿过走廊，经过废弃的房间和内院。我们大家坐在后廊上。窗户中透进来的暮光越来越微弱。

“我想我们有很多东西可聊。”领爵向客人说道。他看着他们两人，眼里闪着光。“歌里·巴尔说，你来到安苏尔也是为了找我。梅默则告诉我，她遇到你是受了神明勒罗的眷顾，我对这番眷顾确信不疑。但能否容我问问，你找我做什么？”

“我能把所有的事都讲给你们听吗？”喀司普罗问道。

领爵大笑着说：“我该不该容许太阳照耀，或允准河流奔腾？”这是拉尼尤对伟大的竖琴师莫罗的回答，当时莫罗问他可否在神庙内演奏竖琴。

喀司普罗迟疑地开了口。“我小时候，书对我的意义——写下来的文字对我来说就像一盏灯——黑夜中的明灯。”他停顿了一下，“后来，我去了城市，了解到有多少东西可学，我半是绝望——”

“你就像小牛进了草场。”歌里说。

“呃，对，也可以这么说。”我们都大笑起来，他的语气轻松了很多，“无论如何，在我看来，创作诗歌最不能称为我做的事情。发现其他作书人的作品，去传扬它，将它写出来，让它不再被人们忽略、无视，重新点亮世界的灯盏——这是我一生中首要的事情。所以，只要我没有在市场上挣钱糊口的时候，就会在藏书室、书商的书摊，或是学者的家里，求教书籍和写作的事情，了解被人遗忘的作书人，那些只在他们的城市或国家为人所知的作书人。而在本德拉曼、俄尔岱欧、各个城邦、瓦达尔瓦……无论我去什么地方，在每个大学或藏书室或市场，最有智慧、最具知识的人都会谈起安苏尔的学术，还有安苏尔藏书室。”

“以过去时态。”领爵说。

“领爵，我致力于失落的、被埋藏、被隐匿的东西。有的可能是因为时机和运气不佳而失落，有的是在破坏之下隐匿，躲避统治者或教士的偏见。在俄尔岱欧的墨桑，我们在议事厅旧址的地基里找到了《拉尼尤传》最早的摹本，写在小牛皮上，封在五百年前的一处地室中，没有任何标记，那时还是暴君特伦萨统治的时代。他驱逐了教师，摧毁了城里所有的神庙和文字作品。他统治了那里四十年之久。阿尔德人统治安苏尔才十七年而已。”

“梅默一生的时间，”领爵说，“十七年可以失落的东西太多了。一代人领会到知识是受惩罚的，无知才能安全。下一代人不知道自己无知，因为他们根本不知道知识是什么。在墨桑，特伦萨之后的人也并没有挖出埋藏的作品——他们根本就不知道。”

“有一个传言留下来了。”喀司普罗说。

“传言一直都有。”

“我追寻它们。”

“你来到这里是因为某个特定的传言吗？某个被遗忘的作者的名字，还是一首失传的诗歌？”

“主要是安苏尔的名声，它是整个西岸的学识和文学中心。最吸引我的是那个传说——传言——说这里有一间藏书室，甚至在安苏尔大学创立之前就有了。据说那里有阿瑞坦语时代留下的作品，还有关于沙漠以外更远的地方的记录，我们就来自那里。或许那里甚至还有从日出之地带来的书本，穿越了沙漠，讲述我们历史的起源。我多年来一直渴望来到这里，询问、寻求那座藏书室里的任何知识！”

领爵一言不发，毫无反应。

“我知道我的追求会置自己于危险中。我与之说起这件事的人，无论是谁，也会处于更严重的危险中——就算他没有回应。”

领爵微微点头。他的脸上没有表情。

“我了解阿尔德人，”喀司普罗说，“我们曾经在他们中生活了一段时间。”

“那可要有点胆识。”

“跟我向你提的要求相比不值一提。”

我简直忍不了了，他们两人那种强自按捺的热情，有火花，也有恐惧，还有挑战。我真想对着他们高声大喊：“彼此信任！你们就不能相信对方吗？”但我知道这样做太蠢了，充满孩子气，我忍不住想哭。

歌里·巴尔推了推曦塔。大狮子站起身，朝我这边靠过来，蹲坐在那里，还是那副安详、昏昏欲睡的样子，就在我腿边，我可以搔它的耳朵。于是我挠了挠它，那种触感让我的心情平复下来。歌里看看我们。她并没有挤挤眼睛，但我觉得自己看懂了她的表情，就像在说：“他们是男人；他们就只会这么干。”

领爵已经起身去拿蜡烛。这活儿本来应该我去做，但他已经将沉重的铁烛台拿到桌子上，动作很笨拙，他的手几乎拿不了东西。歌里用打火盒点燃了蜡烛。烛光漾开，衬得房间其他地方颇为昏暗，我们的面孔在阴影和窗子上的微光映照下显得生动鲜活。曦塔咕噜一声，沉沉地坐在我脚上，摆出图画书上的狮子状态，前爪伸开，眼睛凝视着烛光。

“我修正了自己对勇气的看法，”领爵说，“那是我在首领监狱里的时候。我原先以为，一个人的勇气要归因于他自己，就像骄傲或自尊。但我领会到，我们只能将它归因于神明。”他的眼光也落在蜡烛毫无波动的黄色烛焰上。

喀司普罗没有说话。

“我被抓进去，”他继续说道，“因为他们像你一样，听到了传说和流言。传说和流言把他们带到了这里，来到安苏尔。你知道阿尔德人为什么进攻我们的国家、围困我们的城市？”

“我觉得是出于贪婪，嫉妒你们的绿野。”

“为什么是这片绿野？瓦达尔瓦离得更近，也跟我们一样不擅战争。你说你在阿尔德人中生活过。如果我说得不对，你可以告诉我：阿尔德人有一个国王——大首领，他也是阿忒斯的最高祭司。他的权力非常大。所有奴隶都归他所有。他能指挥军队。”

喀司普罗点点头。

“三十年前，集祭司与国王权柄于一身，掌管了阿苏达尔大权的人叫多里德。他认定阿忒斯希望他抗击大地之上的罪恶。阿忒斯是阿尔德人声称的他们唯一尊奉的神明；它的意思是天主。阿忒斯的真名不可传扬。一切真善均归于阿忒斯。但还有一个掌管着极大的邪恶权柄的神明，名为奥巴特斯，即另一位至高之神。”

喀司普罗再次点点头。

领爵问道：“你知道千人真勇士的传说吗？”

“阿尔德人说，如果能集结一千名真正的勇士，就能永远驱逐奥巴特斯。也有人说只要一百名。”

“还有人说十名。”歌里说道。

领爵微微一笑，但并无多少欢愉之意。

“我喜欢这个说法，”他说，“他们有没有说这些真正的勇士要在哪里集合？”

“没有。”喀司普罗看看歌里，她也摇摇头。

“呃，他们给我讲这个故事的方式让人很难忘记它。那是这里的首领的儿子，伊欧拉斯之子埃铎尔讲给我听的。讲了很多次。”他停顿了一下，然后继续说道，声音非常低，“我不喜欢在这所房子里谈这件事。请宽恕我吧。我听到的是这样：所有光明和公正归于火焰之神阿忒斯，他的神力显现于阳光下。除了阿忒斯之火，别无神圣之物，因他的缘故，所有火焰均为神圣。他们憎恶月亮，称之为奴隶、魔巫。大地是流放之所，邪恶之地，充满罪孽，恶魔滋生，极度寒冷黑暗，但反射着阿忒斯的太阳的光明和温暖。在地球上，阿忒斯的对手奥巴斯特显现于人类的邪恶财富、人类的恶行，以及他们崇拜的恶灵中。最重要的是，在某一个特定的地方。

“在那个地方，大地之上的所有邪秽聚集在一起，黑暗深入大地，太阳照射的光被反转。那是太阳的对立面，它吞食光明。那个地方黑暗、潮湿、寒冷、邪恶。太阳是存在，而那里是存在的反面。一种空虚，大地上的大洞，极其深邃。它被称为暗夜入口。

“就是在那里，千名勇士将会集结，带着阿忒斯之火，深入奥巴特斯的王国。他们将会进入黑暗，与另一位至高之神开战，并摧毁他。然后，他们将会带着火的旗帜归来，大地将会像太阳一样发光燃烧，无论日夜。所有恶魔和暗影都将被远远地驱逐，直至比星辰更远的暗黑中。而阿苏达尔的子民将会正义地统治所有人，崇拜火焰之神。”

领爵的声音单调生硬，几乎听不见，我看见他的双手紧紧地握着。

“根据阿苏达尔的古老传说，暗夜入口位于西方，在海边。

米德隆的大祭司多里德下令手下的阿忒斯祭司们找到这个黑暗中心。有的人认为苏尔山本身就是暗夜入口的所在，但其他人有不同看法：他们说，苏尔是一座火山，它包含着火，因此对阿忒斯来说是神圣的。它的反面——与这座山隔海相望的地方——才是黑暗之地，邪恶的无底深渊。暗夜入口将会在那里发现，在安苏尔城。

“据传那里由拥有可怕力量的巫师守卫，此人能召唤邪灵军队，即大地的邪恶气息。而异教的神明将会集结捍卫此地，千名伪神。

“于是阿苏达尔的军队就被派来，以武力夺取了这个国家，还有安苏尔城，并找到暗夜入口。一旦找到，多里德国王将会派千名勇士带着火帜进入，那是一支烈焰军队。光明将会驱散黑暗，正义将击败邪恶。”

他叹了口气，声音很刺耳。他咬着嘴唇，转过脸背着烛光，将面孔藏在阴影中。

“我从未听过那个传说。”喀司普罗说，他的声音也有些颤抖。我觉得，他出声说话是为了让领爵有时间平复心情。“关于大地是阿忒斯和奥巴特斯的战场，这个传说我听过。一场无休止的战争。沙漠里的人们也知道远在西方有一座名为苏尔的大山，那是一个神秘可怕的地方，但只是因为它周围环海。他们称海水为奥巴特斯的诅咒……这个关于暗夜入口的传说肯定是秘密。只有祭司才知道。”

“刚好拿来作为入侵的理由。”歌里说。

“如果是这样，那肯定会更加广为人知，不是吗？普通士兵知道这个传说吗，领爵？”

“我不清楚。我知道他们得到命令，要搜寻特定的东西。特定的宅子。洞穴、巫师、神像、书籍……周围山上有很多洞穴。至于神像和书籍——这些在安苏尔是无穷无尽的。那些士兵非常卖力。”

有那么一会儿，我们都沉默不语。

“你们受到的统治是怎样的？”歌里问道。

她的嗓音有些特别；并不像她丈夫的声音那么优美动听，但有一种特别的东西让我觉得如释重负，让我平静下来，跟我摸着狮子的皮毛时的感觉一样。领爵回答她时，他的声音也好像没那么紧张了。

“我们被奴役，不是被统治。伊欧拉斯首领和他手下的官员就是法律。在很大程度上，我们这些安苏尔的人民维持着这个城市，像我们以往一样做很多事情，尽我们所能。而阿尔德人征收赋税，惩罚渎神之举，高高在上。自从夺取这座城市以来，他们在这里的生活是作为要塞里的士兵。他们没有派居民前来殖民。

他们没有带女人来。他们不想在这里生活。他们憎恶这里，无论是这里的土地、城市还是海洋。对他们来说，大地本身就是流放之所，而这里是最恶劣的地方。”

这番话之后，房间里一片静寂。这时曦塔把头从前爪上抬起来，从喉咙里发出一声低沉的吼声，充满力量地打了个哈欠。

“你说得对。”歌里对它说。她和喀司普罗站起身来，道了晚安，感谢领爵的款待，也对我表示了谢意。

我给她拿了盏云母灯罩的油灯，好照着路回房间。我看见她和她丈夫走出房间时都触碰了门上的神龛。我看着他们并肩走在走廊里，他的手搭在她肩上，狮子在他们身后，脚步轻柔，灯光闪烁，一路照着光秃秃的石墙。

我转过身，看见领爵出神地盯着烛火，他的面孔非常疲倦。我心想，他该是多么孤独。他的朋友们来来去去，而他必须留在这里。我以前觉得，独处避世是出于他的选择、他的天性，或许是因为这一切在我眼里是再自然不过的事情。然而他并没有选择余地。

他抬头看着我。“你把什么带到了加尔瓦曼德？”他说道。

他的语气令我惊骇。最后我说：“朋友，我觉得是。”

“是啊，没错。非常强大的朋友，梅默。”

“领爵——”

“嗯？”

“那个什么暗夜入口，那个奥巴特斯，他们来到这里，来加尔瓦曼德——那些红帽子的士兵——他们把你抓进监狱，是不是因为他们觉得——”

他好一会儿都没有回答。他僵硬地坐着，肩膀耸起，那是他觉得痛苦时的姿态。“是的。”他说。

“但是不是……这里有没有什么……”

我不知道自己问的是什么，但他却明白了。他抬头看着我，表情很凶：“他们找什么是他们的事。那个东西在他们心里，不在我们心里。这所房子里没有藏着什么恶魔。他们带来了黑暗。他们永远不会知道这所房子的深处是什么。他们漠然无视。那扇门永远不会为他们打开。你不用害怕，梅默。你不可能背叛它。我试过了。我想要出卖它。试过很多次。但在我这么做之前，我家里的神明以及先祖的幽灵就已经宽恕我了。他们不让我这样做。所有赐予梦想的人，他们的手捂着我的嘴。”

这会儿我吓坏了。他以前从来没说起过受到的折磨。他紧握双手，缩成一团，浑身颤抖。我想走到他身边，但又不敢。

他微微挥了挥手，低声说道：“去吧。去睡觉吧，孩子。”

我走上前去，握住他的手。

“我没事，”他说，“听我说。你带他们来这儿是对的。你带来了好运。一直都是这样，梅默。去吧。”

我只得任由他坐在那里，颤抖着身体，独自一个人。

我疲惫不堪，这一天实在是漫长，事情太多了，但我不能去睡觉。我去了山脚下的围墙那里，在空中书写密语，打开了门，进了那间密室。

我一进门，突然间惊恐万分。我的心底发冷，脖子上汗毛直竖。

黑色的太阳吞噬人世间所有的温暖和光明，那种可怕的印象——现在它就像我脑海中的黑洞，吞噬着存在的意义，只留下寒冷和空虚。

我一直以来都害怕这个长长的怪房间远处那头，它一直延伸，没入黑暗中。我总是避开暗影那头，背对着它，不去想它，对自己说：“那是我以后会明白的东西。”现在已经是以后了。现在我必须弄清楚，我的家是建在什么东西上的。

但我必须弄清楚的是那个“暗夜入口”的故事，那个令人憎恶的印象，来自我所憎恶的人。

还有奥莱克·喀司普罗讲述的传说。一间藏书室，他是这么说的。一间伟大的藏书室。世间无出其右。一个博学之所，可以启迪心智。

我连看都不敢看房间的暗影处。我还没做好准备，我得积蓄力量。我走到那张桌子旁，我曾在底下搭房子，假装自己是熊窝里的熊崽。我放下灯，将手掌按在桌子上，用力按着光滑的木头桌面，感受到它的光滑致密。它就在那里。

那上面有一本书。

我们两人离开房间之前都会将书放回书架上，这是领爵从他母亲那里继承的习惯，她是他的导师，正如他是我的导师。我不知道这是本什么书。它看起来并不古老。一定是人们悄悄拿来给他藏匿的，好免于被阿尔德人摧残。我一心只想尽量学习古圣先哲的作品，还有他们收集整理的知识，很少注意被抢救下来的那些不成套系、较为新近的书所在的书架。领爵一定是在我跟歌里一起去市场时把这本书挑出来，想让我看看。

我打开书，发现它是印刷本，使用了人们如今在本德拉曼和俄尔岱欧所用的金属字母，有了这种字母，就算要印一千本书也是轻而易举。我读出了书名：《混沌与心灵：宇宙之起源》，底下是奥莱克·喀司普罗的名字，再下面是印刷商的名字，本德拉曼鱼藤水城的贝尔和霍拉芬。后面一页只有寥寥几个字："谨以此书纪念喀司普罗莽的梅乐·奥利塔。"

我坐下来，对着房间里黑暗的那头，因为我虽然不敢看那边，但也不敢背对它。我把灯移近了些，读了起来。

我醒来时，天色还早，灰蒙蒙的，灯已经灭了，我的头枕在打开的书上。我冷得透心凉。我的手都僵了，差点没法在空中书写密语离开房间。

我跑到厨房，几乎爬到壁炉里去取暖。伊丝塔大声叱骂，索丝塔喋喋不休，但我都充耳不闻。昨夜读的诗歌中的精彩词句在我脑子里回旋，如同惊涛骇浪，如同鹈鹕在浪涛之上飞掠而过。我满脑子都是那些诗句，对其余一切都看不见、听不着，无知无觉。

伊丝塔很担心我。她给了我一杯热牛奶说：“喝了它，你个傻姑娘，你要是现在病了可怎么办？家里还有客人，给我喝完！”我喝了牛奶，说了声谢谢，就回了自己的房间，倒在床上睡死过去，直到快中午才醒。

我在马厩里找到了歌里和她丈夫，他们跟狮子和马儿们，还有古迪特和索丝塔在一起。索丝塔把她的绣活儿抛在脑后，只顾围着喀司普罗转，古迪特在给那匹高高的红色马儿上马鞍，歌里和喀司普罗则在争吵。他们并没有朝对方发火，只是有不同意见。用我们的俗语说，勒罗没在他们心里。“你不可能自己一个人去。”歌里说，而喀司普罗则说：“你可不能跟我一起去。”他们俩翻来覆去地重复这两句话。

喀司普罗转向我。有那么一瞬间，我就跟索丝塔一样晕了头，想到我整晚读的那些涤荡灵魂的诗歌正是眼前这个人写的。

那种迷糊的感觉马上就消退了。这是奥莱克·喀司普罗没错，不过不是诗人喀司普罗，而是普通人奥莱克，跟老婆吵架、忧心忡忡的男人，把什么都当真的人，我们的客人，我喜欢他。“你来说说看，梅默，”他说，“昨天人们在市集看到歌里了，看见她跟曦塔一起——足有好几百人——是不是这样？”

“当然是，”歌里抢在我前面说道，“但没有人往马车里面看！有吗，梅默？”

“是。”我对喀司普罗说，然后又说“我觉得没有”，这是跟歌里说的。

“所以，”她说，“在市集上，你妻子隐藏在马车里，现在则是待在室内，十足一个端庄女子。而负责驯狮的下人则从马车里出来，跟你一起去了宫邸。”

他顽固地摇着头。

“奥莱克，我假扮成男子跟你一起出门两个月，走遍了阿苏达尔！为什么现在就不行了呢？”

“你会被人认出来的。他们看见你了，歌里。他们看到了你女装的样子。”

“所有的异教徒都是一个样子。而且阿尔德人眼里根本就没有女人。”

“带着狮子、惊了他们马的女人，他们还是看在眼里的！”

“奥莱克，我要跟你一起去。”

他一副烦恼不已的样子，于是她走过去抱住他，半是恳求半是安慰：“你知道阿苏达尔从来没有人看出我是女的，除了那个绿洲的老女巫，她还笑来着。记得吗？他们不会知道的，他们看都不看，也根本看不出来。我可不会让你一个人去。我做不到。你不能这样。你需要曦塔，而曦塔需要我。等我去换个衣服——时间还多的是。我不骑马，你骑马，我们步行跟着你，还有很多时间呢。是不是，梅默？从这儿到宫邸有多远？”

“四个路口，过三座桥。”

“是不是？我马上就来。我没来的话别让他走！”她对我和古迪特，还有索丝塔说道，或许也是跟马儿说的，然后她跑向后面，曦塔也迈着步子跟着她。

奥莱克走到院子门口，站在那里，身体笔直，姿态僵硬，背对着我们所有人。我为他感到难过。

“有道理，”古迪特说，“那儿可都是凶残阴险的家伙，他们管那里叫宫邸。以前是我们的议事厅。上那边去，你！”那匹高高的红色马儿微带责备地看了他一眼，礼貌地走到左边。

“你可真是个美人儿。”我对马儿说，它确实是。我拍拍它的脖子：“布兰迪？”

“布兰提。”奥莱克说。他回到我们身边，带着一种不失尊严的挫败神气，看得出来，这种气质直击索丝塔的内心。

“噢，”她对奥莱克说，然后试图掩饰，“哦，要不要我……我替您拿……”但她想不出来能替他拿点什么。

“他是个很棒的老伙计。”奥莱克说着，接过了布兰提的缰绳。他做出准备上马的姿势，但古迪特说道：“等等，稍等一下，这里的肚带得看看。”边说边站到奥莱克和马儿中间，将马镫从马鞍上方扔过去。

奥莱克放弃了，跟马儿一样耐心地站在那里。

“它在你这儿很久了吗？”我没话找话，觉得自己跟索丝塔一样傻乎乎的。

“它都二十好几了。该是歇着的时候了。星辰也是一样。”他有些悲哀地微笑说，“我们一起离开了高地——布兰提和我、星辰和歌里，还有煤球，我们的狗——那是条好狗，歌里驯出来的。”

听了这话，古迪特开始滔滔不绝地说起了加尔瓦曼德以前那些猎犬，歌里回来的时候他还没说完。她穿着束脚裤，还有一件料子粗糙的短上衣。安苏尔的男人留着长发，系在脑后，因此她也只是梳散了辫子，戴了顶黑天鹅绒的帽子。她不知用什么方法把下巴变得颜色深了些，或者显得粗糙了一些。她已经摇身一变，像一个年龄二十五岁上下的小厮，眼神锐利，怯生生的，表情阴沉。“咱们好了吗？”她说道，她的声音本来很柔和，带着喉音，这会儿也变成了嘶哑的嗓音。

索丝塔入了迷似的瞪着她。“你是谁？”她问道。

歌里翻了个白眼说：“驯狮人奇埃。奥莱克，怎么样？”

他注视着她，耸耸肩，笑了一下，然后转身上马：“那就走吧！”他说着就头也不回地出发了，歌里和狮子跟在他后面。他们经过大门口时，歌里回头看看我，眨了眨眼。

“他是从哪儿冒出来的呀？”索丝塔问道。

“仁慈的恩弩与他们同在，他们要去的可是残忍阴险的蛇鼠之窝。”古迪特口不对心地说完，拖着脚步进了马厩。

我进屋供奉神明和先祖，再去看看伊丝塔要在集市上买点什么。

古迪特跟我说，那天早上议事厅有个信使来过，阿尔德人管那儿叫首领宫邸。信使说，奥莱克·喀司普罗要在正午前侍候首领。当然没有说请，也没说为什么，啥也没有。于是他们就去了，而我们就这么等着。他们回来时已经很晚，我有很多时间用来担心焦虑。我坐在房子前面神谕喷泉干涸的水池边缘，看见他们从南边沿着街道而行，奥莱克步行牵着马，驯狮人奇埃走在他身边，狮子也慢慢踱着步子，一副无聊的神气。我跑过去招呼他们。“挺顺利的，挺顺利的。”奥莱克说。奇埃也说道：“够顺利了。”

古迪特等在马厩门口，接过布兰提——马厩里能有马，对他来说是最开心的事，他不会让别的任何人照管，片刻都不行——奇埃则对我说：“跟我们来吧。”在院长室，虽然她还没换下衣服，也没洗脸，却恢复了歌里的举止。我问他们肚子饿不饿，他们说不饿，首领给了他们吃的喝的。“他们有没有让你们进门？”我问道，“他们让曦塔进去了吗？”我并不想对阿尔德人的任何事情好奇，但还是忍不住。我认识的人里面还没人进去过议事厅，也没去过兵营，见识过首领和阿尔德人在那里是怎么生活的，因为整个议会山随时都有人把守，驻扎着重兵。

“我去把这身衣服换下来，你跟梅默说吧。”歌里说。于是奥莱克给我讲了当时的情形，跟说书一样。这是他的职业病。

除了兵营，阿尔德人还照着他们在沙漠里旅行时那种帐篷的式样，搭了不少帐篷。议事广场的帐篷又高又宽敞，像一所大房子，全是红色面料，镶着金边，还立着旗帜。奥莱克说，看起来首领其实是在这座帐篷里发号施令，而不是在议事厅理政，至少现在雨季已过是这样的。帐篷里会有豪华的家具，还有可移动的雕花屏风，在里面隔出类似房间的空间——奥莱克在阿苏达尔游历时就曾经在这样的大帐篷里受到款待。但在这里，他连那个布篷子底下都没能进去。人家请他坐在地毯上的一个轻便的折叠凳上，离帐篷敞开的门口不远。

一名马夫将布兰提带到马厩精心照料。驯狮者和狮子站在奥莱克身后几码远的地方，阿尔德军官看守着他们。跟奥莱克一样，他们也有纸做的阳伞遮挡太阳。“我有伞是多亏了曦塔，”

歌里在更衣室里大声说，“他们崇拜狮子。但他们肯定会把阳伞扔掉，因为我们用过了，而我们是不洁的。”

有人立马给他们端上了茶点，还给了曦塔一碗水。他们等了差不多半小时，首领从帐篷里出来了，带着随行的扈从和军官。他非常亲切地招呼奥莱克，称他是诗歌王子，还欢迎他来到阿苏达尔。

“阿苏达尔！”我大叫起来，“这里是安苏尔！”然后我为打断他的话道歉。

“阿尔德人所在的地方都是沙漠。”奥莱克温和地说。我不知道这是他的话，还是阿尔德人这么说的。

他说，伊欧拉斯首领六十多岁，衣着华丽，穿着阿苏达尔规格的亚麻织金线长袍，戴着只有阿尔德贵族才能戴的宽大的尖顶帽。他坐在奥莱克身边，谈起了诗歌。一开始他们聊着阿苏达尔的伟大史诗，但他还想了解他所称的西方著者。他的兴趣颇为真诚，提出的问题也十分睿智。他邀请奥莱克定期前往宫中，朗诵自己的作品以及其他著者的作品。他说，他和他的手下会乐在其中，且受到启迪。他是以贵族之间的平等语气做出邀请，而不是发号施令。

过了一会儿，一些扈从和官员也加入讨论，而且跟首领一样，这些人都显示出非常了解自己部族的史诗，还展现出好奇甚至迫切的心态，希望聆听诗歌和故事。他们称赞奥莱克，说他们觉得他犹如沙漠之泉。

其他人就不是那么友好了。首领的儿子埃铎尔显然是故意离得远远的，毫不在意关于诗歌的谈话，跟一群祭司和军官站在那座敞开的帐篷里闲聊，直到他们声音太大，首领斥责他们安静。之后埃铎尔皱了皱眉，但没说什么。

首领要求把狮子带到他面前，奇埃遵从了他的要求，曦塔则玩了那个挺有用的把戏：它面朝首领，伸出前爪，低下头放在两爪之间，就是猫儿伸懒腰的动作，奥莱克说这是“行礼”。所有人都大感高兴，曦塔不得不重复了好几次这个动作，它倒没什么意见，因为每次它都能得到一点好吃的，尽管这天是它的禁食日。埃铎尔走上前来，想跟它玩，抓着皮帽子在它面前晃来晃去，曦塔视而不见。埃铎尔又问它有多壮，有没有杀死过活的猎物，咬过人没有，有没有咬死人，诸如此类的问题。驯狮者奇埃恭恭敬敬地回答了所有问题，还让曦塔也朝他行礼。但曦塔只是颇为敷衍地低了一下头，然后朝他打了个哈欠。

“异教徒不应获准豢养阿苏达尔的狮子。”埃铎尔对他的父亲说。后者回答道：“但谁会将狮子从狮子的主人身边带走？”——明显这是句谚语，用得恰到好处。结果，埃铎尔开始逗弄曦塔，大喊大叫地瞪着它，做出攻击的样子。曦塔压根儿不搭理他。首领意识到他的儿子在干什么，怒气冲冲地站起来，说埃铎尔玷辱了家族的好客之情，冒犯了狮子的尊严，下令他离开。

“狮子的尊严，”终于跟我们坐在一块儿的歌里重复了一遍，她洗了脸，穿回了丝绸衬衫和长裤——“我喜欢这个说法。”

“但我不喜欢首领和他儿子之间的情形，”奥莱克说，“就像古迪特说的，毒蛇之巢。要小心应付。不过首领是个挺有意思的人。”

他就是毁灭并奴役我们的暴君，我心想，但没说出来。

“领爵说得对，”奥莱克继续说，“阿尔德人在安苏尔扎营，感觉就像行军的士兵一样。他们似乎完全不在意这里的人们怎么生活、他们是什么人、做些什么。首领厌倦这种无知无觉。我觉得他预见到自己这辈子可能都会在这个地方度过了，不如尽力而为。但从另一方面来说，这城里的人们对阿尔德人也同样一无所知。”

“我们干吗要了解他们？”我说道。这话冲口而出。

“我们高地人有句俗话，真正了解猫儿的还是老鼠。”歌里说。

“我不想了解朝我们的神明吐口水、说我们不洁的人。我还觉得他们脏呢。瞧瞧——瞧瞧我家领爵！看他们是怎么对他的！

你觉得他生来手就是断的吗？”

“啊，梅默。”歌里说，她朝我伸出手，但我躲开了。我说道：“你要是愿意的话，大可以去他们说的宫邸，吃他们的东西，给他们讲你的诗歌，但我如果有能力，我会杀光安苏尔的所有阿尔德人。”

然后我转过身去，一下子哭了出来，因为我毁了整个气氛，不值得他们信任了。

我想离开房间，但奥莱克拦住了我。

“梅默，听着，”他说，“听着。请原谅我们的无知。我们是你的客人。我们请求你原谅。”

听了这话，我止住了傻乎乎的哭泣。我擦擦眼睛说：“对不起。”

“抱歉，抱歉，”歌里低声说，我任由她牵着我的手，跟我一起坐在窗边，“我们知道得太少了。对你，对你家老爷，还有安苏尔。但我知道，你也知道，我们在这里相遇，不仅仅是出于偶然。”

“是因为勒罗。”我说。

“因为一匹马、一头狮子，还有勒罗。”她说，“我会信任你，梅默。”

“我也信任你们。”我对他们两人说。

“那就告诉我们你是什么人。我们得了解彼此！跟我们说说领爵是什么人——或者曾经是什么人，在阿尔德人到来之前。他是城主吗？”

“我们没有什么城主。”

我试着振作精神，得体地回答问题，就像领爵考问我“能不能再说详细点，梅默？”时一样。我说：“我们选出议会治理城市。安苏尔海岸的所有城市都是这样。市民投票选出议事人。议会任命领爵。领爵在各个城市之间往返，安排贸易，让各个市镇从彼此那里获得需要的东西。他们还会尽量防止商人欺诈和放高利贷。”

“这么说不是世袭的头衔？”

我摇摇头：“担任领爵的期限是十年。如果议会再次任命，可以继续任职十年，然后就会由其他人接任。任何人都可以当领爵。但你必须得自己有钱，或是你的城市有钱。你得招待商人和代理商，还有其他领爵，而且随时都要出门——甚至远到桑德拉曼，跟那里的丝绸商人和政府打交道。这得要不少钱——加尔瓦曼德那会儿还是个有钱的家族——城里的人们也会捐助。身为领爵是一种荣耀，很大的荣耀。所以我们还是这样称呼他，只是出于敬意。不过现在这个称呼没有任何意义了。”

我又流出了眼泪。我的软弱、难以自控吓到了自己，令我觉得愤怒，而这种怒气平复了我的情绪。

“这都是我出生前的事了。我知道这些事情是因为有人告诉过我，我也读过历史。”

然后我连呼吸都停顿了一下，就像肚子上挨了一拳。我浑身瘫软地坐在那里。我毕生的习惯让我不由自主：我不应该说读书的事情，我绝不能向家人以外的任何人说起自己在书里读过什么。

但奥莱克和歌里甚至没有注意到，这是当然的。对他们而言，看书是再自然不过的事情。他们点点头，让我继续说。

这会儿我也不确定自己该跟他们说些什么、不该说什么。“像我这样的人被称作围城崽子。”我说。

我扯了扯自己纤细打卷的浅色头发。我想让他们了解我的身世，但不想说我妈妈被强奸的事情。“你能看出……阿尔德人占领城市的时候。就是那时……但我们又把他们赶出去了，而且抵抗了将近一年。我们能战斗——我们不发动战争，但还是能战斗的。但后来，从阿苏达尔开来了新的军队，人数是原先的两倍，他们攻进了城市。他们把领爵抓进监狱里，洗劫了加尔瓦曼德。他们摧毁了大学，把书全扔进运河和海里。他们把人沉到运河里淹死，用石头砸死，还有活埋。领爵的母亲，埃莱约·加尔瓦……”

她以前就住在这个房间。士兵们闯进来的时候，她就在这里。我说不下去了。

我们大家都沉默了。

曦塔在旁边踱着步子，尾巴一甩一甩的。我伸手去逗它，想逃避我之前说的话题，但它不理我。它的嘴巴半张着，看起来比平时更像一头狮子。

“它整个晚上都在闹情绪，”歌里说，“它在宫里得了那些奖赏，然后想起来自己还没吃过正餐。”

“它吃什么？”

“主要是倒霉的山羊。”奥莱克说。

“它能狩猎吗？”

“它其实不太会，”歌里说，“本来它妈妈会教它的。半狮是成群狩猎，像狼一样，所以它才会容忍我们。我们是它的族群。”

曦塔发出一声低沉单调的长嗥，又在长长的房间里踱起了步子。

“梅默，如果不是太艰难的话，你还能再说说吗？”奥莱克开口说道。

我摇摇头——“你说他们摧毁了大学的藏书室？全都毁掉了吗？”我看得出来，他希望我否认。

“士兵想拆毁藏书室的建筑，但那是石头建的，十分牢固，所以他们打破了窗子，劫掠了房间，把书都拿出来了。他们不想碰那些书，让市民把书装到车上，拖到运河那里，全倒了进去。书太多了，在运河河底堆起来，把运河都给堵了，于是他们又叫人把书运到港口。从码头那里卸下书，全扔进水里。如果书没有马上沉下去，他们就把人们推进水里去。有一次我看见——”但这一次我止住了话头，没有说出我曾经看见有人从海里捞起一本书。

现在那本书在密室里，那是北方的卷轴书，写在涂布亚麻上，绕着木轴卷起。有人发现它被冲到海滩上，将它晾干，带到了这里。虽然在水里泡了几个星期，漂亮的字迹仍然清晰可辨。领爵修复上面损毁的文字时曾经给我看过。

但我不能说密室里那些书的事情，无论是以前的书，还是被人抢救出来的书。即使是对歌里和奥莱克。

谈谈古老的过去应该是安全的吧，抱着这样的希望，我说：“大学以前就在这里，很久以前，在加尔瓦曼德。”

奥莱克问起安苏尔城四大家族的事情：卡姆、盖尔布、加尔瓦、阿克塔莫。我把自己知道的都告诉了他，大多数都是我从领爵那里听来的。最早的时候，这是四个最有钱的家族，在议会也最有势力。他们修建了最华丽的宅邸和庙宇，为公共仪式和节庆出钱，还收罗艺术家、作书人、学者，以及哲学家、建筑师和音乐家，让他们在自己家族中生活任职。从那时起，人们开始称安苏尔为智慧与美丽之城。

加尔瓦一家一直住在这儿，在临着河与港口的第一座山的山脚，神谕院里。

“这里曾经有神谕吗？”奥莱克问道。

我有些犹豫。我一直没怎么想过这个词的意思，直至昨天，也就是歌里和奥莱克来的这天上午，我站在喷泉干涸的池子边——神谕之泉。

“我不知道。”我说。我想说点什么，但没说出来。真奇怪。为什么我从没想过，加尔瓦曼德为什么被称作神谕院？我甚至不知道神谕是什么，然而却知道自己不能说出来——就像我一直都知道，绝不能透露密室的事情。感觉好像有一只手捂住了我的嘴。

然后我想起了领爵前一天夜里说的：“所有赐予梦想的人，他们的手捂着我的嘴。”我吓坏了。

他们看出我心中十分迷惑，只默默地看着我。

奥莱克改变了话题，问起这所宅子，很快我又说起了宅子的事情。

在过去那些日子里，加尔瓦家族繁盛，无论宅子的面积还是家里的人口都在增长，吸引了艺术、学识和工艺方面的人才，尤其是学者以及诗歌和故事的作书人。人们从安苏尔各地来到这里，甚至从其他大陆远道而来，就是为了听他们讲学，拜师学艺，与他们共事。因此在很多年里，加尔瓦曼德的大学不断发展。这座宅院整个后面的部分，楼上楼下都曾经是住宿间、教室、工作室、藏书室；外院还有其他建筑；山上更远处的房子是学生宿舍以及教师的住所，还有艺术家和建造师的工作室。

诗人德尼奥斯年轻时就从俄尔岱欧来到了这里。也许他就在我们昨晚坐的过道上学习过，因为那里曾经是加尔瓦曼德藏书室的一部分。

随着时间的推移，幸运之神，我们叫他聋耳朵神，不再眷顾卡姆、盖尔布和阿克塔莫家族。这几个家族的财富和福祉逐渐衰败，也越来越怀着恶意与加尔瓦家对立。一部分出于怨愤与妒忌（他们则声称是出于公心），他们说服市议会接管大学和藏书室，让其脱离加尔瓦曼德。加尔瓦家族接受了议会的决定，但他们警告说，旧址是一处神圣之所，新址未必会受到同样的庇佑。安苏尔在港口那边修建了新的大学。这里几百年来积累的藏书几乎都搬过去了。我跟歌里和奥莱克说了领爵以前告诉我的话：“他们开始将书拿出加尔瓦曼德的时候，前院的神谕泉开始出现问题。书被人一点点搬空的同时，泉水也不再流淌。他们搬完的时候，泉水就完全枯竭了。它已经流淌了两百年……”

他们举行了众多典礼仪式，欢庆新大学落成，学生和学者也不断前来；但它的名气和吸引来的人从来都赶不上加尔瓦曼德的旧藏书室。后来，过了两百年，沙漠的人来到这里，拆毁了石头建筑，将书倒进运河和海里、埋入泥中。

奥莱克听着我的讲述，用手捂住了头。

“加尔瓦曼德什么也没剩下吗？”歌里问道。

“有一些书，”我不自在地说，“但城破的时候，阿尔德士兵还没去大学，就先直接来了这里。寻找他们相信存在的那个地方。他们拆毁了房子里的木质结构，拿走了书、家具什物——他们把找到的东西全都拿走了。”我说的是实话，但我有种强烈的感觉，歌里清楚这不是全部的真相。

“太可怕了……可怕，”奥莱克说着，站起身来，“我知道阿尔德人认为文字是邪恶之物，但摧毁……浪费……”他又是伤心又是愤怒，不知道该说什么好。他大步走过房间，站在西面的窗户边上，从那里看去，加尔瓦曼德和城市低处的屋顶之上，白色的苏尔峰好像飘浮在海峡上空的雾气里。

歌里走向曦塔，将皮带扣上曦塔的颈圈。“走吧，”她温和地对我说，“它需要散散步。”

“我很抱歉。”我说道，跟在她身后，再一次十分灰心，因为自己让奥莱克如此伤心失望。我说的全是错的。

这是没有受到恩努眷顾的一天，任何眷顾都没有。

“销毁书的是你吗？”

“不是。但我希望——”

“希望要是能成真就好了！”歌里说，“有没有什么地方可以让我解开曦塔的皮带，让它跑一跑？只要有我在旁边，它是不会攻击人的，不过还是让它去没人的地方更好一点。”

“老园子。”我说。于是我们就去了那里。老园子在房子东边往山上一点点，位于临河的山麓，十分开阔，那里的堤岸将河流分成四条运河。斜坡上的树木十分茂密。阿尔德人从来不去那里；他们不喜欢树。别的人也几乎不会去那儿，只有小孩子会在那边追兔子或抓鹌鹑，想给家里弄点肉吃。

入口附近有个地方被人们称为德尼奥斯之泉，我指给歌里看，曦塔还从水池里喝了点水。

周围连个鬼影也没有，歌里解开了狮子的皮带。曦塔蹦跳着跑了出去，但没跑远，不停地回到我们身边。显然它也不喜欢树林，不想深入密密层层、无人打理的树丛。它找了棵树磨爪子，磨了很久，然后又换一棵，还围着一丛十分密实的荆棘拼命嗅来嗅去，寻找某种动物留下的痕迹。它离我们最远的一次是追着一只蝴蝶，跟着它边跳边挥着爪子，走到了一条阴暗幽深的小路上。在一个拐弯处，我们看不见它了，过了一会儿，歌里低声打了个呼哨。狮子很快就回来了，穿过暗影迈着大步跑向我们。歌里摸摸曦塔的头，我们开始穿过树林慢慢往回走，曦塔跟在我们身边。

“多么美妙的灵能，”我说道，“能召唤动物。”

“取决于你用它做什么，”歌里说，“我们走出高地，不得不想办法挣钱的时候肯定还是挺好用的。我负责驯马，奥莱克钻研他的学识。我喜欢这个活儿……我很尊崇阿尔德人训练马儿的方式。他们觉得打马比打老婆还恶劣。”她嗤笑了一声。

“你怎么能忍受在阿苏达尔生活那么久？难道你——你都不恨他们吗？”

“我没有像你那样愤恨的理由。”她说。

“感觉就像跟野生动物——肉食动物——生活在一起。以我们的标准，他们很危险，不讲道理。他们让生活变得艰难。我替阿尔德人难过。”

我沉默不语。

“他们就像种马或公兔子，”她沉思道，“他们无时无刻不在担心作为对手的男性，或是担心女人跑了。他们从来没自由过。全世界都是敌人……但他们非常勇敢，信守诺言，尊重客人。就像我们高地人。我还是挺喜欢他们的。不过我没法结识任何女人，因为我扮成男人，必须远离她们。这一点挺烦人。”

“我憎恨他们的一切，”我说，“我忍都忍不住。”

“你当然忍不住。从你告诉我们的事情——除了仇恨，你对他们还能有什么想法？”

“我也不想有别的什么想法。”我说。

我觉得歌里绝不会有听不到人家说什么的时候，但有时她会忽略别人的话。她又走了一小段路，然后转过来朝着我，突然笑了：“听着，梅默！你干吗不跟我们一起去宫邸呢？二号随从。你扮成男孩绝对没问题，我先前一点都没看出来。你想去吗？很有意思。首领是王中之王，你有多少机会能见到君王呢？而且还能听奥莱克说书——他要给他们讲《宇宙之起源》。这可能有点冒险，他们坚信阿忒斯是唯一真神，但首领昨天要求听这本。”

我只是摇摇头。我很想听奥莱克讲那部诗歌，但不要跟一群阿尔德人一起听。我不想再说自己有多恨他们，但我肯定也不会礼貌谦恭、和颜悦色地对着他们。

但第二天吃过晚饭，歌里又提起这个话题。显然她已经说服了奥莱克，因为他没有表示反对；令我失望的是，领爵也不反对。他问他们觉得会有多危险。他们两人都说，他们相信阿尔德人待客的律条。于是他只说道：“他们向我展露的待客之道不是我希望梅默领教的那种。不过经过了这么多年，我们的民众和他们的人彼此还是没什么了解——这很可悲，不管是对我们还是对他们来说。”他一脸沉思地看着我，“而且梅默学东西很快。”

我想反对，说我拒绝去任何靠近阿尔德人的地方，我也不想从他们那里学任何东西、了解关于他们的任何事情。但那就是故意的无知了，领爵最看不起这种行为。而且我这么说也会显得很怯懦。要是奥莱克和歌里都愿意冒险前去宫里，我怎么能拒绝？

我越想越觉得这个点子吓人。但随着奥莱克和歌里的谈论，我对宫里和阿尔德人也充满了好奇。这么久以来，我的生活一成不变，我忍不住想，会不会永远这样——干家务，去市场；待在加尔瓦曼德的空房间、密室和里面的书籍，还有我不敢去的那个阴暗的怪地方；除了敬爱的领爵，没有人教我任何新东西，没有人可以共处，奉献我的热爱。现在，两个人的到来让整个家活了过来。先祖们醒转倾听——那些魂灵、暗影，还有窗台和灶台的守护神。两边守望的神灵打开了大门。我知道是这样。我知道客人是沿着恩努和勒罗眷顾的路途而来，拒绝他们提出的事情就等于是拒绝了上天的礼物、难得的机遇、人生的转机。

“你想去吗，梅默？”领爵问我。我知道如果我表示反对，他也不会坚持要求。我耸耸肩，连话都没说一句，好像我去不去根本不是什么重要的事。

他一脸探究地望着我。他为什么同意让我去敌人中间？我看出了原因：我能去他去不了的地方。即使我自己是个胆小鬼，我也能带着他的勇气。他是在要求我履行自己作为家族继承人的职责。

“行吧，我去。”我说。

那天晚上，我这辈子第一次梦见了那个男人，我的父亲。他穿着士兵们的那种蓝色斗篷。他的头发跟我的一样，暗褐色，枯干，卷曲，乱成一团，发丝太细，没法梳顺，就是那种羊毛卷式的头发。我看不见他的脸。他在攀爬，手脚并用地攀着废墟、断壁乱石——城里到处都是这些。我站在街上看着他。他走过时，直直地看了我一眼。我看不清他的脸，但我觉得那不是一张男人的面孔，而是狮子的脸。他转过头去，翻过了一堵损毁的墙，急匆匆的，好像有人在追他似的。

奥莱克·喀司普罗再次出发，前去取悦安苏尔的阿尔德人首领，他的随从有驯狮者奇埃、狮子曦塔，还有马童梅姆。

梅姆十分紧张，浑身不自在。要是阿尔德人让我给布兰提卸下马鞍，或者跟我聊聊马夫那些事可怎么办？他们马上就会知道，我连马的脚腕和膝盖都分不清。不用担心，歌里说，他们跟古迪特一样，不会让一个陌生的男孩在他们的马厩里跟备受珍爱的马儿在一起。不管怎么说，我们在宫里的时候她会把我带在身边。我扮成梅姆，要做的就是在大街上走在布兰提的边上，摆出马童的样子，好像奥莱克需要我帮着牵马。

于是我就照做了，觉得自己傻乎乎的，心里还挺害怕。布兰提给了我安慰。它走在路上，蹄铁敲着石头铺的街道，发出响亮的有规律的声音。大大的马头在我旁边一上一下地点着，耳朵前后扑棱，还不时打个响鼻。它的眼睛又大又黑，有种亲切的神色。它的年纪很大了——比我要大——已经去过整个西岸的所有地方。无论奥莱克让它去哪儿，它都带着高贵的耐性去。我希望自己也能像它一样。

我们沿着加尔瓦街而行，从金匠桥走上低矮的小山，来到议事厅前面的广场上。我望着议事厅，心里涌起自豪。这座建筑宽阔高大，以银灰色的岩石筑成，装了成排的精美的高窗。铜质圆顶高出城里所有的屋顶，显得十分轻盈，如同苏尔峰高出那些较低的山峰一样。从大广场有台阶通向门前的平台，我们没有沦陷的时候，人们曾在那里发表演讲、举行辩论。领爵曾告诉我，平台经过了特别的建造，如果站在中间的大门前，只要比平时说话的声音稍稍大一点，就能让整个广场都听见。但我从来没走上过那些台阶；我以前从未在广场上行走过。它是阿尔德人的地方，不属于平民。

广场中间立着那座大帐篷，红色的篷顶，柱子上飘扬着红色旗幡，几乎遮住了议事厅。

我们走近广场入口时，一名军官迎上来，命令穿着蓝色斗篷的卫兵让我们进去。

几个人从广场左面的马厩那里过来招呼我们。我牵着布兰提，等奥莱克下马，一个年纪比较大的阿尔德人从我手中接过缰绳，发出“嘚嘚”的声音，拉着布兰提走了。驯狮者奇埃走到我身边，她将曦塔的绳子收得很短，我们跟着奥莱克穿过了步道。帐篷前铺了块地毯，放着一把折叠椅和一顶凉篷，那是给奥莱克的；我们没有位子坐，但一个“围城小鬼”小男孩（也是个奴隶）递给奇埃一把红纸做的遮阳伞。我们站在奥莱克身后。奇埃马上把遮阳伞递给我，用来遮着我们三个人，然后摆出傲慢的姿态，抱着双臂站在那里。我看得出来，阿尔德人觉得这很合理，他们以为我是奇埃或奥莱克的奴隶。

这边院子里的阿尔德人奴隶都穿着粗条纹布的长袖或外衣，灰白相间或是棕色与白色相间。有的是阿尔德人，有的是我的同乡，他们全是男人或男孩。女人都在别的地方，在房子里，不能抛头露面。而且女人没有阿尔德人。

众多侍臣穿着各种盛装，从帐篷里出来，几名军官也从军营里走上前来。阿尔德人将军营建在了议事厅后面的东运河上方，那里以前是我们的投票点。最后，首领从最大的帐篷里出来时，所有人都站了起来。两名阿尔德奴隶跟在他后面：一个在他头顶撑着把巨大的红色凉伞，另一个则拿着扇子，以备首领需要凉快一下。这是个温和的春日，太阳基本上被轻云遮蔽，柔和的海风吹拂着。看到奴隶们站在那里，拿着傻乎乎的行头，我想着阿尔德人可真是蠢——他们就不能看看周围，意识到他们不需要凉伞、扇子，也用不着侍臣们戴的那种宽檐帽？他们难道看不出来，这里不是沙漠？

我照着阿尔德人奴隶的样子，没有直接朝伊欧拉斯首领看，而是偷偷瞥过去。他脸色严肃，满脸皱纹，与大多数阿尔德人一样肤色灰黄，短短的鹰钩鼻，眼睛狭长。阿尔德人浅色的眼眸总是让我有反胃的感觉，我很多次都感谢祖先让我继承了我们族裔的深色眼睛。首领的卷发很短，呈灰白色，在他的帽子底下卷曲着；他的眉毛也紧紧地拧着，下巴上留着修剪得很短的灰色胡髭。他显得十分强硬，但又颇为疲倦。他跟奥莱克打着招呼，露出微笑，整张面孔都明亮起来，还做出我从未见阿尔德人做过的手势，将双手从胸口伸开，表示欢迎，头也微微一点。这似乎是对与他同等地位之人的问候。他还称奥莱克“作书人的首领”。

但他不肯让奥莱克进到他的屋檐下，我想着。

“异端”，这是他们对我们的称呼。我们从他们那里学到这个词。如果它有具体的含义，那就是指不知道何为神圣的人。有这样的人吗？“异端”所代表的人只是了解不一样的神圣，跟你们不同。阿尔德人在这里已经十七年了，但仍然不知道，海洋、大地、安苏尔的岩石都是神圣之物，都具有神性。要说异端，那也是他们，不是我们，我想着。我就这么站在那里，只顾想着自己的怨愤，没有听旁边的两个男人说什么，伊欧拉斯和奥莱克，两个杰出人物，一个是暴君，一个是诗人。

奥莱克开始吟诵，他的嗓音如同六弦琴，惊醒我听他开讲；但那是首领要求的阿尔德诗歌，他们那种没完没了的叙事诗，讲述沙漠里的战争，我不愿意听。

我在侍臣中寻找首领的儿子埃铎尔的身影，就是曾经逗弄曦塔那个人。他很容易被认出来。他穿戴了不少华丽衣饰，漂亮的帽子上装饰着羽毛和金色缎带。他跟他父亲长得很像，但个子更高，也更英俊，然而肤色非常浅。他一刻也不闲着，总在跟旁边的人说话，手脚不停，打着手势，身体晃来晃去。老首领一动不动地坐在那里，全神贯注地听着，亚麻长袍垂下来，如同石刻一般，短而有力的手掌摊在大腿上。他手下的军官大多数都像他一样全神贯注，间或喝一口水。奥莱克的声音充满激情，我也不由自主地听了进去。

他讲完一幕关于出卖和报复的悲剧，停了下来，听众纷纷拍手鼓掌。首领让一名奴隶给奥莱克倒了杯水。（“他们过后会把杯子砸了。”奇埃对我耳语道。）有人端上好几盘点心，但奇埃和我都没份儿。伊欧拉斯拿了一块什么东西，探身朝着曦塔。奇埃牵着它走上前去。它蹲坐下来，礼貌地闻了闻糖果，然后转头看向别处。首领大笑。他笑得十分愉悦，整张脸都皱成一团。“不是适合狮子的食物哈，曦塔女士？”他说，“要不要叫人送点肉来？”

回答的不是奥莱克，而是奇埃，生硬简短地说：“最好不要，大人。”

首领不以为忤：“你在控制它的饮食吗？不错，很好。它能不能再做鞠躬的动作？”

我看不出奇埃有任何动作，但狮子站起来，在首领面前像猫一样深深地伸展了身体。首领笑起来时，曦塔转头想得到一小块骨髓作为奖励，奇埃将奖赏抛进它嘴里。

埃铎尔已经走了过来，这会儿对奥莱克说：“你为它付了什么价钱？”

“我拿一首歌换了它，埃铎尔首领。”奥莱克说道。他仍旧坐着答话，调着里尔琴，以此作为不站起来的理由。埃铎尔面露不悦。奥莱克从乐器上抬起头说：“其实是一个故事。养了这头幼狮和它妈妈的游牧民想听完整的戴尔达传说，这样他们表演时就有更多的内容可讲。我讲了三个晚上才讲完，所得的报酬就是这头幼狮。我们彼此都很满意。”

“你怎么知道这个传说的？你从哪儿学到我们的歌？”

“我只要听过某个传说或某首歌曲，就能记住，”奥莱克说，“这是我的灵能。”

“还有创作歌曲。”伊欧拉斯说。

奥莱克低头行了个礼。

“但你是在哪里听到的？”首领的儿子追问道，“你在哪儿听人讲过戴尔达传说？”

“我曾在阿苏达尔北部游历，埃铎尔首领。无论到哪里，人们都教给我他们的歌曲和传说，向我讲述、歌唱，将他们的财富与我分享。他们不求回报，不要小狮子，连一个铜板都不要——只要求听一首新曲子，或再讲一次古老的传说。沙漠里最贫穷的人在言语和心灵上却是最慷慨的。”

“不错，不错。”年老的首领说道。

“你是不是读过我们的歌曲？你有没有将它们写进书里？”埃铎尔说“读”和“书”这两个字的时候就像吐出嘴里的什么脏东西一样。

“殿下，在阿忒斯的子民中间，我遵从阿忒斯的律法。”奥莱克说话时神情凛然，而且语气凶狠，一副荣誉受到挑战时回应挑战的样子。

埃铎尔转身走开了。他有些胆怯，要么是因为奥莱克直截了当的回应，要么是因为他父亲的怒视，但他对一名侍从说：“这么说摆弄琴的是个男人喽？我还以为是女的。”

在阿尔德人中，只有女人弹奏拨弦和弓弦乐器，而长笛和号角则是男人专属的——奇埃后来告诉我。我当时只知道埃铎尔是想侮辱奥莱克，或者想藐视他的父亲，以侮辱奥莱克为他的手段。

“作书人，如果你休息好了，我们乐意听听你自己创作的内容，”伊欧拉斯说，“希望你原谅我们对西方诗歌的无知，愿它对我们有所启迪。”

首领竟然如此郑重其事、言辞典雅，我不禁感到意外。他以前肯定是名战士，这一点毫无疑问，然而他说话总是字斟句酌，甚至文辞华丽，用词古雅，措辞巧妙，很是动听。一个民族回避文字，将所有的语言艺术都以口头形式表达，或许说起话来就应该是这样的。到现在为止，我几乎没有听过阿尔德人说话，只听到过他们高声下令。

无论谈话对象是彬彬有礼还是恶言相向，奥莱克都能应付自如。之前在吟诵戴尔达史诗时，他没有流露出北方口音，活脱脱是阿尔德人，将刺耳的辅音说得含含糊糊，拉长元音。这会儿向首领答话时，他还是保留着这种柔和的腔调。“我是那一脉作书人中的最后一个，也是才能最低的，首领，”他说道，“我内心不愿让自己僭居更伟大的人之前。您和您的侍臣能否容我讲一首诗，不是出自我自己之手，而是来自俄尔岱欧备受尊崇的作者德尼奥斯？”

首领点点头。奥莱克调好了琴，一边调一边解释说，这首诗歌并非吟唱出来的，但乐器的作用是在诗歌起始之前和结束之后的区隔，有时还能传达语言所不能传达的东西。然后他低头对着琴，拨动了琴弦。琴音凄婉、澄澈、情绪饱满。最后一声弦音袅袅消散，他开始吟诵《嬗变》第一章的开头。

所有人一动不动，直到他讲完。之后的很长时间里，他们依然静默无声，就像先前市集上的人群一样。然后他们正准备鼓掌喝彩，首领却突然举手示意——“不，”他说，“再来一次！作书人！如果你愿意的话，再给我们讲一遍这篇杰作吧！”

奥莱克似乎有些吃惊，但他微笑着，再次朝他的琴探过身去。

他刚要触到琴弦，有人高声说了句话。说话的人不是埃铎尔，而是他身边那群人里面的：这人穿了件红黑两色的长袍，戴着一顶高高的红色帽子，上面连着红色头巾，直直地垂到肩膀上，将他的头整个围在里面，只露出面孔。他的胡子被烧掉了，下巴一圈都是火燎过的卷曲胡髭。他手持一根沉重的黑色长棍，还有一把短剑。“太阳之子，”他说道，“这种亵渎神明的东西难道不是听一次就足够，甚至已经过分了吗？”

“祭司。”奇埃小声对我说。我知道他是个祭司，虽然我们并不经常见到他们。我们管他们叫红帽子，希望永远不要看到他们，因为只要平民被处以石刑或在滩涂被活埋，处刑者就是红帽子。

伊欧拉斯转身看了那名祭司一眼。他的动作如同鹰隼转过头，动作迅疾，皱着眉头，有种你竟敢如此的意味，但他语气温和。“最受阿忒斯庇佑的使者，”他说，“我的耳力不灵了，没有听出渎神之意。恳请你打开我的思路。”

戴着红色头巾的男人说起话来一副言之凿凿的样子：“这都是不敬神明的言语，伊欧拉斯首领。其中没有任何知晓阿忒斯的地方，毫不信奉他的神圣解释者的启示。全是对恶魔和伪神的盲目崇拜，关于低贱可鄙之事的谈论，还有对女人的赞美。”

“嗯，嗯。”伊欧拉斯点头说道，没有出言反驳，但似乎对这番斥责也并不在意，“异教的诗歌对阿忒斯以及他的火焰使者的确无知。他们的感知阴暗，也是错误的，但我们可以不必说他们盲目。启示之火或许尚未降临到他们中。与此同时，我们这些多年以前不得不离开妻子的人，你难道连让我们听到关于女人的言语都要吝惜吗？你身为受庇佑者，经历过火焚考验，不受浸染，但我们只是士兵而已。听到不等于享受，但也能多少提供一点慰藉。”他说这话时一副大义凛然的样子，但旁边的一些男人咧嘴笑了起来。

戴着头巾的那个人刚要开口回答，首领却突然站了起来。“出于对火焚者神圣的纯洁性的尊重，”他说，“我不会要求圣使卢德或他的弟兄们留下来继续听令他们觉得冒犯的言语。任何人如果不想听异教诗人的歌，也可以离开。俗话说，能听到咒语的人才会受到诅咒，像我一样耳力不灵的人可以留下，放心地听。作书人，请原谅我们的争议和失礼。”

他坐了回去。埃铎尔和红帽子们——一共有四个——还有埃铎尔身边那群人全都回到了大帐篷里，高声说着什么，表情不满。原本站在伊欧拉斯身边的一个男人也偷偷摸摸地走了，尽可能不引人注意，一副担惊受怕、愁眉苦脸的样子。其他人留了下来。奥莱克拂动琴弦，又一次说起了《嬗变》的开头。

这一次，首领任由手下的人在结束时鼓掌。他又让人给奥莱克端了杯水（“水晶杯，真有钱。”奇埃从嘴角对我说），然后他遣散了扈从，说他想跟诗人“在凤尾蕉下”谈话，显然意思是私下里单独说话。

几名卫兵仍站在帐篷入口处，但军官和侍从们回到了大帐或军营那边，奇埃和我被那个拿扇子的好管闲事的奴隶带到一边。我们去了庭院里马厩那边，跟着几个男人，我现在才发现那几个男人是从马厩或其他地方过来听表演的，他们一直悄悄地站在人群外围。其中有几个是士兵，有的是马夫，还有两个男孩。他们中大多数都对曦塔颇有兴趣。他们想靠近曦塔，但奇埃不让他们走得太近。他们没话找话，问了一大堆通常的问题——它叫什么名字，你们在哪儿得到它的，它吃什么，它有没有杀过人。奇埃的回答简短而矜持，恰如一个驯狮者该有的样子。

“他是你的奴隶吗？”一个年轻的男子问道。我没意识到他说的是我，直到奇埃回答：“马夫学徒。”

那人跟我并排走着，我走到背阴的墙根下，坐在圆石上，他也坐了下来。他看了我好几次，最后说道：“你是阿尔德人。”

我摇摇头。

“你父亲是。”他说，一副老于世故的样子。

否认这一点有用吗？就凭我的头发和面孔？

我耸了耸肩。

“你住在这里？在这个城市？”

我点点头。

“你认识女孩子吗？”

我的心提到了嗓子眼。我想的全是他看出来我是女孩子了，他会大喊玷辱、污秽、亵渎神明什么的……

“我去年跟着父亲从杜尔来到这里。”他闷闷不乐地说，然后沉默了一会儿。

我偷偷地仔细看了他一会儿，发现他其实还是个孩子，尚未成年，最多十五六岁。他没穿那种蓝色斗篷，而是穿了件束腰外衣，肩膀那里打了个蓝色的结。他光着腿，骨架粗大，肤色浅淡，面相温和，嘴唇周围还长着粉刺。他的鬈发呈淡黄色。他叹了口气。“安苏尔的女孩都恨我们，”他说，“我以为你没准儿有个姐妹什么的。”

我摇了摇头。

“你叫什么？”

“梅姆。”

“嗯，那个，梅姆，要是你认识什么姑娘，就是，愿意跟某个男人在一起一段时间，我有些钱。我的意思是可以给你。”

他真是粗野无礼、可憎又可怜。他说这话时甚至都没抱着希望，我压根儿就没回答。尽管我对他又害怕又轻蔑，但他让我想笑——我不知道为什么——他简直不知道什么叫廉耻，像条狗似的。我对他恨都恨不起来。

他继续说着女孩的事情，我觉得就是在说他的白日梦而已，还开始描述一些情景，令我觉得满脸通红，手足无措。我干巴巴地说：“我不认识什么女孩子。”听到这话，他安静了一会儿。他叹了口气，搔搔小腹，最后说：“我讨厌这里，我想回家。”

那就回去啊！我很想朝他大喊。但我只说了句：“哈。”

他又看了看我，特别仔细，以至于我又心惊肉跳了一把。“你有没有跟男孩干过？”他问道。

我摇摇头。

“我也没有，”他用那种伤感单调的嗓音说，他的嗓音也没比我低沉多少，“有些家伙干过。”这个想法似乎令他极其沮丧，他再也没说话，最后才说：“父亲会杀了我的。”

我点点头。

我们沉默地坐着。曦塔在院子里转悠，奇埃跟着她。我想跟她们一起，但又觉得马夫学徒跟狮子还有驯狮者一块儿走来走去的会很怪。

“这里的人都做些什么？”那个男孩问。

我耸耸肩。男孩们做什么？主要就是讨吃的和柴火，跟我们城里所有人一样，除了阿尔德人。“玩棍子球。”我最后说道。

他看起来更沮丧了，显然他不是擅长玩游戏那种人。

“这里可真怪，”他说，“女人到处都是，光天化日地出门。哪儿都有女人，但不能……她们不会……”

“阿苏达尔有女人吗？”我假装傻乎乎地问。

“当然有女人了。只不过她们不出门，不会哪儿哪儿都去，”他愤愤不平、语带谴责地说，“她们不总是抛头露面，随时让人看见。我们的女人不会在街上招摇。她们留在家里，她们应该待的地方。”

那个时候我想起我母亲，在大街上，正准备回家的时候。

我全身弥漫着一股巨大而炙热的怒火，如果我开口说话，肯定出口就是咒骂，或者会啐在他脸上。但我没说话，那股怒火慢慢平息，成为冰冷、空洞的恶心感。我咽了口唾沫，强迫自己保持平静。

“梅科说寺庙里有妓女，”那个男孩说，“什么人都能去那儿，只不过寺庙都被封了，所以她们只能暗中找地方。但还是有。她们跟谁都行，你知道吗？”

我摇摇头。

他叹了口气。

我非常小心地站起身，我得走开，但动作很慢。

“我叫西默。”他抬头看着我说道，眯着眼睛，带着笑容，像个孩子。

我点点头。我慢慢地走开——朝曦塔和奇埃那儿走，因为我不知道还能去哪儿。血液在我耳朵里奔涌。

奇埃看了看我说：“我估计首领谈得差不多了。去马厩那边让他们把作书人的马牵出来，就说你想遛遛马。好吗？”

我点点头，绕了个圈子走进了马厩所在的大院子。出于某些理由，我不再害怕那里的人了。我问作书人的马在哪里，他们把我带到布兰提所在的马棚。布兰提漫不经心地嚼着燕麦。“给它上好鞍子牵出来。”我说，好像他们是奴隶，而我是老爷。先前从我手上接过布兰提的那个年纪挺大的人照我的话干活儿去了。我站在那里，手背在身后，望着排得长长的马棚里那些漂亮的马儿。那个老人把布兰提牵了出来，我一点也不客气地接过了缰绳。

“它得有十九、二十岁了吧？”

“不止。”我说道，还是那副理所当然的语气。

“血统不错。”老人说。他伸手拨了拨布兰提前额的毛，他的手指粗大，脏兮兮的，但很轻柔。“我喜欢大个头的马儿。”他说。

我略点了个头表示赞同，然后就带着布兰提走了。奇埃和曦塔就在马厩的入口处，奥莱克正朝我们走过来。我让他踏着我的一条腿上马，然后我们静静地出发回家。我们穿过议会广场的大门，走过身披蓝色斗篷的阿尔德士兵，我的泪水突然间止不住了，它们从我眼睛里迸出来，我的嘴唇颤抖着，抽搐着。我继续往前走，透过泪水看到我的城市，我美丽的城市，还有海峡那边的远山，挂着云层的天空，直到眼泪不再流下。

那天晚上伊丝塔做了另一道拿手菜，我们叫“乌福”，是用面团包了一点羊肉末、土豆、绿叶菜和香料，用油煎熟。它们口感酥脆，脂香味美。伊丝塔对奥莱克和歌里充满感激，不仅因为他们给厨房供应了肉——其实我们吃的是曦塔的晚饭——还因为他们是我们的客人，他们的到来让这个家恢复了往日的荣耀和尊严，而且她还能为不同的人烹煮。他们大赞乌福的美味，而伊丝塔则耸耸肩，抱怨说面团太硬了。弄不到上好的油，她说，没法像以前光景好的时候那样。

吃完晚饭，领爵带着客人和我去了后廊，我们再次坐下来倾谈。我们三人都很想知道，伊欧拉斯首领跟奥莱克私下里说了什么。奥莱克也愿意告诉我们。事实上，他有大消息要宣布。

大首领、最高祭司、阿苏达尔之王、掌控阿尔德军队近三十年的多里德死了。一个多月前，他在沙漠城市米德隆的宫殿里发病去世。他的继任者名叫阿克雷，是他的侄子，据说是这样的。因为阿苏达尔的王上是最高祭司，而阿忒斯的祭司在官面上是禁欲的，因此国王不可能有官方的子嗣，只有侄辈。其他侄子也想继承王位，他们反对阿克雷继位，但起兵之后被杀，有的在幕后就被干掉了。米德隆陷入混乱，已经有一段时间了，但到目前为止，阿克雷牢牢掌控着权力，坐稳了阿苏达尔大首领的宝座。

很显然，这样的形势甚合伊欧拉斯首领之意。从他的话里，奥莱克领会到相比多里德，这位新任祭司兼王上行事更多地偏于君王的一面，而较少侧重祭司这一面。企图阻止阿克雷掌握大权的宫廷派系属于信奉“千名真勇士”的派别，与多里德一样，这些派系宣告了善与恶的战争，要求进攻异教把持的安苏尔，找到并摧毁暗夜入口。

看起来，阿克雷的支持者并不怎么相信暗夜入口的存在，尤其是入侵的军队从未找到它。尽管对安苏尔的占领给米德隆带来了一些利润和奢华货品，但他们觉得占领消耗了阿尔德军队的资源，从精神信念的角度来说也值得质疑。因为阿尔德人是独立的种族，居住在沙漠里自成一系，是他们唯一的神灵唯一庇佑的对象。他们一直不受非信者的污染。继续生活在异教徒中间，对他们的灵魂来说是一种冒险。

这么一来，安苏尔的阿尔德人要怎么办？

在奥莱克面前，伊欧拉斯自言自语，说得相当直白。在他看来，问题就是哪一种更能取悦阿忒斯：新任大首领是否应当将他的士兵召回阿苏达尔，将所有能带的战利品全都带回去，还是说应该派人前来安苏尔拓居，永久殖民？

“他的意思就是这样，”奥莱克说，“很明显，新任统治者曾征求伊欧拉斯的意见，因为他在这里，在异教徒中间生活了这么多年。而伊欧拉斯认为我不牵涉利益关系，是态度中立的旁观者。但他为什么会这样看我？他自己犹犹豫豫，又为什么信任我的看法？我自己不就是个异教徒吗！”

“因为你是个作书人，”领爵说，“所以，在阿尔德人看来，你是说出真相的人，也是预见者。”

“也许没有其他人能跟他谈话了。”歌里说。

“而且无论你是不是预见者，你肯定是很好的听众。”

“沉默的听众，”奥莱克有些辛酸地说，“我能说什么呢？”

“我不知道你能对伊欧拉斯说些什么，”领爵说道，“但我对他的些许了解可能对你有所帮助。首先，他将一名安苏尔女子充作奴隶，纳为妾室，但据说他对待那名女子甚是体面。她名叫蒂莉奥·阿克塔莫，出身一个伟大的家族。阿尔德人入侵之前我就认识她。她美丽聪慧，意志坚定。她现在的情况，我只能从其他人转述的仆役流言中了解，但传言伊欧拉斯将她当作妻子看待，很受她的影响。”

“我要是能跟她聊聊就好了！”歌里说。

“我也这么想。”领爵说，他的声调有些揶揄之意，也充满忧郁。过了一会儿，他接着往下说，“埃铎尔是首领在阿苏达尔的妻子生的。有人说埃铎尔憎恶蒂莉奥，还说他也憎恶他父亲。”

“他的态度很不敬，”奥莱克说，“但似乎还是听他父亲的。”

领爵沉默不语地坐了一会儿，然后站起身，走到神龛那边，站在神龛前面。“受庇佑的家宅神灵，”他低声念诵道，“帮助我说出真相。”他低下头，触到神龛已经磨损的基台，又站了一会儿，然后回到我们这边。他直接站着继续说。

“是埃铎尔和祭司们带着士兵来这儿找他们的暗夜入口。他们折磨宅子里的人，让他们说出洞口或下水道口，或者随便什么形式的暗夜入口在什么地方。有的人被折磨致死，阿尔德人让我活着。他们——”他停顿了一刻，继续说道，“他们在我身上寄予最大的期望，因为他们把我当作巫师。用他们的话说也是祭司，不过是与他们作对的神灵的祭司。但我说不出他们想听的东西。恩努的手挡住了我的嘴，不让我说谎；桑帕控制了我的舌头，也不让我说真话。加尔瓦曼德的神明在我身边，那些祭司知道。他们害怕我，即便在他们……他们怕的不是我这个人，而是附在我身上的神圣，集结在我周围的魂灵——我的家宅神明和魂灵的庇佑，我的城市、我的土地。

“过了一段时间，祭司对我也不再有兴趣了，于是埃铎尔本人成了唯一讯问我的人。他同样害怕我，我觉得，但同时他也为自己的胆量自豪，因为他相信我是个大巫师，然而他却可以随心所欲地折磨我。我证明了他的能力，任凭他由着残酷兽性摆弄。我必须得听他说。他说个不停，总是向我解释，一遍又一遍地对我说，我身体里附着的恶魔最后会现身，告诉他在哪里找到暗夜入口。等到恶魔现身开口的时候，我就可以解脱。所有罪恶都将消亡。正义将会统治大地，而他，埃铎尔，会高坐在诸王首领的宝座之上，在荣耀之中燃烧。他不停地说着。我想要对他撒谎，也想告诉他真相，但说不出来。”

他说这番话的时候一直站着，这会儿又走回到神龛那里，将双手放在基台上，默默地站了一会儿。我听到他低声念诵给恩弩和家神的祷词。然后，他再次转身朝着我们。

“埃铎尔囚禁我那段时间，我从头到尾都没见过他的父亲。伊欧拉斯从来不去监房，也不参与那些猎巫活动。埃铎尔总向我抱怨他的父亲，埋怨他，说他不虔诚，对祭司不敬，蔑视预言，还无视大首领说要找到暗夜入口的命令。‘我遵从我的神明、我的王上，他却不是。’他说。但到了最后，无论是出于伊欧拉斯的命令还是怎样，我被放了出来。搜寻洞穴和恶魔的行动渐渐平息。埃铎尔或祭司时不时地恐吓一番，找出一本书来禁毁，或是找到某个学者加以折磨。伊欧拉斯随他们去，我估计是为了让大首领满意，觉得他的命令还在继续执行。他必须谨慎行事，因为他的儿子是王上那一派，而他不是。

“然而眼下，看起来伊欧拉斯有了与他同类的国王，而埃铎尔和祭司那一派的权力会突然遭到削弱。这可能是个危险时刻。”

他又坐回我们身边。虽然他之前说话时很痛苦，但这会儿似乎如释重负，只是显得郑重而疲倦；他环顾我们大家的时候，脸上露出温和亲切的表情，就好像出了趟远门回来，看到自己深爱的人。

“危险是因为……”歌里说，奥莱克接过了她的话头：“因为埃铎尔眼看自己这派失势，可能会试图夺权？”

领爵点点头。“我不知道阿尔德士兵会站在哪边，”他说，“毫无疑问，他们希望回到阿苏达尔的家。但他们尊重祭司。如果埃铎尔反抗他的父亲，而祭司支持埃铎尔，士兵会遵从哪一方的命令呢？”

“我们可以在宫里打探一些消息。”歌里说。她瞥向我，我不明所以。

“还有一重危险因素，也可以说是希望，或者两者兼有，”领爵说，“我把实情告诉你们，请你们保密。有一个组织希望激励安苏尔民众起来反抗阿尔德人，到现在为止，这个组织计划起义已经有很长时间。我只是从朋友那里知道这件事。我并没有参与制订计划，甚至并不确切地知道它的实力有多强，但有这样一个组织存在。一旦看到宫中出现权力斗争，这个组织可能会有所行动。”

现在我终于知道迪萨克来的时候都聊了些什么，也知道他与领爵见面的时候为什么总把我打发走。我心里腾起一股怒火。为什么不让我听他们谈论起义、反抗阿尔德人、跟他们打仗、把他们赶出去的事？迪萨克是觉得我会害怕吗？或者认为我会像个孩子一样到处去说？他是不是以为，我的头发卷曲，所以肯定会背叛我的家人？

歌里想了解更多关于这个组织的事情，但领爵说不出更多的情况，要么是不愿多谈。奥莱克沉默不语，陷入深思，最后问道：“安苏尔有多少阿尔德人——城里？一千人？两千人？”

“超过两千人。”领爵说。

“他们人数寡众悬殊啊。”

“但他们有武器，而且训练有素。”歌里说。

“受过训练的士兵，”奥莱克说，“所以他们有优势……但人数还是很少。这么多年里——”

我爆发了：“我们抵抗了！我们在每条街道跟他们战斗，我们坚持了一年——直到他们派来了人数是原先两倍的军队——之后他们不停地杀人——伊丝塔告诉我，城市陷落后的日子里，运河里塞满了尸体，连水都断流了——”

“梅默，我知道你的族人遭到蹂躏，遭遇了强敌，”奥莱克说，“我不是质疑他们的勇气。”

“但我们不是战士。”领爵说。

“阿迪拉和玛拉！”我不同意他的话。

他定定地看了我一会儿。“我的意思不是说我们不能有英雄，”他说，“但几百年来，我们解决纷争的方式是谈判、争论、讨价还价、投票。我们的争斗是用言语，不是刀剑。我们没有残忍野蛮的习惯……而阿尔德人的军队似乎无穷无尽。他们还会摧毁多少东西？我们失去了信心，遭遇了重创。”

他举起满是伤痕的双手。他的表情很奇怪，一脸揶揄；眸色非常深。

“正如你所说，奥莱克，他们有优势，”他说道，“信奉一位国王、一位神灵，秉持一种信念，他们可以头脑简单地行事。

他们很强大，然而这种简单也还是会分化。我们的力量更加多元。这是我们神圣的土地，我们与大地的神灵一起生活在这里，他们也在我们中间。我们与他们一同忍耐。我们受到伤害，遭到削弱，被人奴役。但只有摧毁我们的智识，那才是我们的灭顶之灾。”

* * *

过了两天，我们又一次前往议事广场，那时我才知道歌里说“我们可以在宫里打探一些消息”时为什么瞥了我一眼。她想让马童梅姆跟周围那些照料马厩的阿尔德男孩和小兵聊聊，那些人都在周围流连，想听奥莱克吟诵。“留心听一听，”她说，“问问米德隆的新首领的事。还有暗夜入口。那天你跟其中一个男孩聊了挺久的。”

“长了一脸痘子那个。”我说。

“他挺喜欢你。”

“他想知道我愿不愿意把姐妹卖给他玩玩。”我说。

歌里吹了声口哨，声音轻柔，声调是向下的，咻。

“忍一忍。”她温和地说。

领爵也用过这个词。我把它当作我的座右铭、接到的命令。

我会遵从，我会忍着。

这一次，首领走出大帐听奥莱克表演时，埃铎尔和祭司们没在他身边。表演进行到半途，帐篷内开始传出声响，高声的吟唱和击鼓声——很明显，祭司们在进行某种仪式。首领身边的一些侍臣显出不安的神色，有的则耸耸肩膀，彼此窃窃私语。伊欧拉斯坐在那里，一副泰然自若的样子。奥莱克讲完了一个小节，闭口不言。

首领示意他继续。

“我不希望对敬奉神明的人显得不敬。”奥莱克说。

“那不是敬奉，”伊欧拉斯说，“那本身就是不敬。继续吧，如果你愿意的话，作书人。”

奥莱克鞠了个躬，继续他的表演——另一个阿尔德英雄传说。表演结束后，伊欧拉斯让人给他端了杯水，跟他谈起话来，几个侍臣也参与其中。我则照我得到的命令，溜到后面，朝着马厩墙根下那群男孩和男人走去。

西默就在那边，他直接朝我走来。他的身材比我高大，个子高挑，十分强壮。他嘴唇周围的粉刺间长着浅色的汗毛——比起我们这族，阿尔德人毛发更浓重，很多人留着胡子。然而他招呼我的样子几乎有点谄媚，希望我喜欢他。看着他的样子，我心想：他还是个男孩。

我所知的不过是我的城市、我的家族，还有书本，而他随着军队四处辗转，还是一名在训的士兵。但我知道，我懂得的东西比他多，我比他坚强。他也知道。

正因为这样，我对他也恨不起来。仇恨比自己强的人在某种程度上是高尚品质，然而仇恨比自己弱的人却是可鄙的，也不能心安理得。

他不知道该说什么，一开始我还以为他压根儿不会跟人谈话，之后我想到要问他我特别想知道的事情。“你那天说的事情是在哪儿听到的？”我说，“就是关于神庙和妓女什么的。”

“有些人说的，”他说，“他们说你们这些异教徒有那种神庙，在那里可以跟那些女神——魔女——的祭司尽情放纵，让男人，嗯，干那些女祭司。魔女掌控着她们。她们会跟任何男人，随便什么人来，都没问题。”

他想到这个，整个人都显得精神起来。

“我们没有什么女祭司，”我断然地说，“也没有祭司。我们自己做礼拜。”

“嗯，没准儿就是有女人去那种神庙，而魔女让她们跟任何人干，整晚不停。”

“神庙怎么可能进得去？”

在安苏尔，“神庙”通常指的就是小小的神龛，在街上，或某所房子前面，或者在路口——就是用来行礼的神台而已。很多只是壁龛那样的，就像房子里面的那些。你用手触碰神龛的基台，说出祷语，或是留下一朵花作为供奉。街上的很多神庙十分精美，用大理石制成，高两三英尺的样子，精雕细琢，屋顶镏金。阿尔德人把它们全砸了。一些神庙挂在树上，没有被阿尔德人毁掉，他们以为那是鸟巢。事实上如果有鸟儿在神庙筑巢，那是令人愉快的事情，是庇佑的象征，树上的很多古老神庙年复一年地有燕子、麻雀和画眉鸟在里面。最能象征好运的是猫头鹰，它是代表“聋神”的鸟。

我知道阿尔德人以为神庙就是正常人居所大小的建筑。我才不在乎。

听了我的问题，他脑子里依然还想着整夜跟女人在一起的事。他皱皱眉头说：“你什么意思？大家都去神庙。”

“去干什么？”

“去祈求！”

“祈求是什么意思？”

“敬奉阿忒斯！”西默瞪着眼睛说。

“你们怎么敬奉阿忒斯？”

“你去过典礼吗？”他语带疑问地说，有点难以置信我竟然不知道他在说什么，“祭司吟唱、击鼓、舞蹈，传达阿忒斯的意旨？知道吗！你得跪下伏身，在地上磕四次头，还要重复祭司说的话。”

“要干吗呢？”

“嗯，如果你想要什么，就向阿忒斯祈求，在地上磕头，祈祷。”

“祈求？你怎么去祈求什么东西？”

他看着我，好像我是弱智。

我回以同样的眼光。“你们不可理喻。”我说。

其实我挺好奇的，想了解他所说的祈求，但我不想让他在我面前高高在上：“你不可能祈求什么东西。”

“当然可以！向阿忒斯祈求生命、健康，还有……还有所有的东西！”

我其实明白他的意思。在受到惊吓的时候，所有人都会呼唤恩弩，所有人也都会向幸运之神祈求自己想要的东西；所以他才被称为聋神。但我轻蔑地说：“那是乞讨，不是祈求。我们祈求保佑，不是什么具体的东西。”

他既震惊又不解，脸色阴沉。他说：“你们得不到庇佑。你们不信奉阿忒斯。”

这回被震惊的就是我了。跟人说他们得不到庇佑，这话可太重了。西默看着是那种连想都想不到这么残酷的事情的人。最终我开口，更加谨慎地说："你说'信奉'是什么意思？"

他瞪着我："那个，信奉阿忒斯就是……就是相信阿忒斯是神明。"

"他肯定是啊。所有的神明都是神明。阿忒斯怎么就不是了？"

"你们那些神明是恶魔。"

我想了想："我不知道我是不是相信有恶魔存在，但我知道那些神明。我不明白你们为什么必须'信奉'唯一的神，其他的都不行。"

"因为如果你不信奉阿忒斯，就会受到诅咒，你死后就会变成恶魔！"

"谁说的？"

"祭司！"

"你们居然信这个？"

"对！祭司懂得这些！"他越来越生气，语气十分恼怒。

"我不觉得他们对安苏尔有多深的了解，"我说，过了一会儿我才意识到，激怒他不是从他这儿打听消息的好办法，"或许他们对阿苏达尔无所不知。但这里的情况不一样。"

"因为你们是异教徒！"

"没错，"我边说边点头同意，"我们是异教徒，所以我们有众多神明。但我们没有恶魔，没有祭司，也没有神庙妓女，除非她们差不多只有六英寸高。”

他不作声了，闷闷不乐的样子。

“我听说军队来这儿是为了找什么特别邪恶的地方。”过了一会儿我说道，让自己的语气显得友好一点。我觉得自己不怎么光明正大，又好像暴露无遗，“地上的某种洞口，所有恶魔据说都来自那里。”

“我猜是这样。”

“为什么呢？”

“我不知道。”他说。他一副非常低落的样子，眯起浅色的眼睛，皱着眉头。

我们坐在墙根底下的人行道上。我动手在铺路石上的灰尘中画出十字形的图案。

“有人说你们在米德隆的王上去世了。”我尽可能轻松地说。我用了我们的字眼——王上，而不是他们所说的首领。

他只是点点头。我们的对话令他颇为沮丧。过了很久他才说：“梅科说或许新的最高首领会下令让军队回到阿苏达尔。我估计你会很开心吧。”他阴郁地瞥了我一眼。

我耸耸肩：“你会吗？”

他也耸耸肩膀。

我想让他继续说下去，但不知道怎么继续。

“这不是瘦子和胖子的游戏嘛。”他说。

听到这话，我看着他，就好像他疯了一样，直到我发现他是看着我在石头上的尘土里画的图案。他伸出手，在“十”字形的一个格子里画了条横线。

“我们管这个叫傻瓜游戏。”我说着，在另一个格子里画了条竖线。我们玩成了平局，傻瓜游戏玩到最后总是这样的结果，除非玩的人真是傻子。然后他教我玩一种名叫“抓埋伏”的游戏，双方都有一个隐藏的“十”字形，其中一个格子做了标记——就是埋伏——玩的人轮流猜对方的埋伏在哪里，先找到对方的埋伏为胜。西默赢了三局中的两局，他高兴起来，话也多了。

“我希望军队能回阿苏达尔去。”他说，“我想娶亲，在这儿没戏。”

“伊欧拉斯首领娶了亲的。”我说道，然后暗自担心自己是不是说得太露骨了，但西默只是咧开嘴，猥亵地咯咯一笑。

“蒂莉奥王后？”他说，“梅科说她最初就是那种神庙妓女，她给首领施了咒。”

我真是受够了他，还有他那套神庙妓女的说法。“从来没有什么神庙，”我说，“我们以前有庆典。整个城市的庆典。人们游行，跳舞。但你们阿尔德人制止了这些活动。任何人只要跳舞都被你们杀了。你们这么害怕你们那些狗屁恶魔。”我站起身，用脚[illegible]去“十”字形的棋盘图案，大步朝着马厩走去。

我走到马厩，却不知道该怎么办。我为自己感到羞愧——我没有做到忍耐，反而逃跑了。我看着里面的布兰提，它轻轻嘶叫了一声，跟我打招呼。它在小口地舔着人家喂的一点燕麦，想吃得久一点。那个老马夫坐在边上的一个锯木架上看着它，脸上的表情在我看来是崇拜欣赏。他朝我点点头。布兰提继续边吃边玩地嚼它的燕麦。我倚着一根柱子，抱着双臂，希望自己显出冷漠疏离、难以接近的样子。

这时，西默穿过马厩场走了过来，没精打采，畏畏缩缩，龇牙咧嘴地笑着，就像一条挨了骂的狗。

“嘿，梅姆。”他说，就好像我们好几天没见，而不是两分钟前刚刚分开。

我朝他点点头。

他看我的神情跟老马夫看着布兰提的样子差不多。

“我父亲的马在那边，”他说，“过来看看。它出自米德隆的皇家马厩呢。”

我随他穿过场院，来到对面的厩栏。他指着一匹漂亮的栗色母马叫我看，那匹马显得很紧张，眼睛明亮，鬃毛是浅色的，跟在市场上冲向我那匹马很像，或许就是那匹。它从厩栏的门上面侧头打量我，摇了摇脑袋。

“它的名字叫维克托利。”西默边说边伸手想拍拍马脖子；马儿仰了仰脑袋，退回厩栏里去了。他再次伸手时，马儿对着他，露出长长的黄色牙齿。西默迅速缩回手。“它是匹真正的战马。”他说。

我盯着这匹马，做出一副凭着对马儿的深厚了解和经验在评判的样子，高高在上地又点了点头，然后信步穿过院子往回走。还好，奇埃和曦塔正在大门口朝里看呢。有几匹马看到狮子或是闻到了味儿，在厩栏里嘶鸣踢蹬。我匆匆走向奇埃，西默在我身后喊道：“明天见，梅姆？”

我们回加尔瓦曼德的路上，我跟他们说了我是怎么盘问西默的，我觉得这番行动傻乎乎的，而且徒劳无功。但他们非常仔细地听着，领爵后来也是。我说，向西默隐晦地提到暗夜入口时，他显然一无所知，也毫无兴趣。听到这里，他们插了几句话。西默说他听闻新的大首领可能将军队召回阿苏达尔，对此他们也有所讨论。

“他有没有说关于埃铎尔的事？”歌里问道。

“我不知道该怎么问。”

“他脑子灵光吗？”领爵问道。

我说："不，他蠢透了。"但我说这话时挺愧疚的，虽然这是真的。

那天非常暖和，晚间也是温暖宜人。晚饭后我们没有坐在廊道里，而是去了廊道外面的露天小院子。院子的两边被房子的墙挡着，另外两边则是细长廊柱的拱廊。屋子后面就是东面的山，空气中弥漫着花香灌木的香气。我们朝北方坐着，傍晚的天空十分开阔，带着一抹绿色的调子。

"这座宅子修进了山麓里，是不是？"奥莱克说。他抬头看着院长室的北窗，还有这座古老建筑绵延不断的高墙和屋顶。

"是的。"领爵说。我不知道他那是什么语气，但我脖子上的汗毛直竖。

过了一会儿，他又说道："安苏尔是西海岸最古老的城市，而这里是安苏尔最古老的宅院。"

"据说千年之前阿瑞坦人从沙漠来此，发现了我们知道当时荒无人烟的这片土地，是真的吗？"

"比一千年更久，也比沙漠更远，"领爵说，"据说是从日出之地而来。他们是来自极远的东方大帝国的子民。他们派出探险者进入位于其领地西面边境的沙漠，最终有一队人穿越了沙漠——据说有几百英里宽——抵达了西海岸的青翠山谷。塔拉蒙带领着那支小队，其他人跟随而来。相关的书籍非常古老，零零散散，难以理解。现在很多书都没有了。不过书中似乎是说，来到这里的人们是被逐出日出之地的。”他说了一句阿瑞坦语，然后用我们的语言说，“‘没有河流的荒芜之地守卫着被驱逐者的清泉……’我们就是那些被驱逐者的后代。”

“在那之后再也没有人从东方而来？”

“也没有人回东方去。”

“除了阿尔德人。”歌里说。

“他们回到了沙漠里，没错，或者说留在那里。但那只是东方之地的西面边缘，那里有泉水和河流。有人说，阿苏达尔以东的千里之地，太阳就是首领之首，而沙粒是他的子民。”

“我们居住在一个世界的极远边缘，对那个世界，我们一无所知。”奥莱克说，他凝视着颜色浅淡而又深邃的天空。

“一些学者认为，塔拉蒙和其他人遭到驱逐是因为他们是巫师，具有神秘的力量。他们认为，像你们高地人所具有的灵能原本在来自日出之地的人当中十分普遍，但经历了几百年的世代，我们这些后代的灵能已经消失。”

“你有什么看法？”歌里问。

“如今在这里的人没有这样的灵能，”领爵字斟句酌地说，“但安苏尔最早的记录讲述有人接受阿克塔莫家族的女人治疗，她们可以令盲者复明，聋者复聪。”

“跟考德莽人一样嘛！”奥莱克对歌里说。歌里说道：“以前的时候——跟我想的一样！”他们正要向我们解释，这时迪萨克突然从过道的门里现身，走进了我们坐的院子。

经常来拜访领爵的人都是这样的，他随意进入和穿过老宅，那里从不上锁。有时伊丝塔担心会有危险，但领爵说：“加尔瓦曼德的大门没有锁这种东西。”于是就这样了。所以迪萨克这会儿突然出现，把曦塔吓了一跳。半狮站起来，低下头，耳朵抿着，露出凶恶阴险的样子盯着他。他在门口那边停住了。

歌里低声责备曦塔。它哼哼唧唧地坐下，仍然瞪着眼睛。

“欢迎，我的朋友，过来坐这边。”领爵说。我赶快去找椅子。迪萨克直接坐了我的位子，挨着领爵。这就是他的行事方式。他并非无礼或粗鲁，但他不感兴趣的人在他眼里直接就不存在。对他来说我只是个搬什物的，重要性也就跟一件家具差不多。他头脑简单，就像阿尔德人。或许士兵必须是头脑简单的。

等我找到一把搬得动的椅子，把它搬出来的时候，迪萨克与奥莱克、歌里已经被彼此引见过了，领爵肯定跟他们说了迪萨克是反抗军的领袖，要么就是迪萨克自己说的，因为这会儿他们正在谈这件事。我坐下来听着。

这时迪萨克注意到我了。家具不应该有耳朵。他看了看我，又看看领爵，显然是想让他像平时一样把我打发走。

“梅默认识一个士兵的儿子，那人跟她说，一部分阿尔德人说起军队会被召回阿苏达尔的事情，”领爵对迪萨克说，“那个男孩随口开玩笑时称蒂莉奥·阿克塔莫为蒂莉奥王后，你听过这个称呼吗？”

“没有。”迪萨克生硬地说。他又短促地瞥了我一眼。他的表情有点像曦塔抿着耳朵瞪视的样子（不过这会儿曦塔已经决定无视他了，正在孜孜不倦地舔洗后爪）。“我们在这儿说的事情不能出这个院子。”他大声说。

“当然。”领爵说。他的语气一如既往地温和轻松，但起到的效果却跟歌里朝狮子打呼哨一样。迪萨克不再看着我，清了清嗓子，手抚着下巴，朝奥莱克说起话来。

“幸运之神恩弩把你带到这里，奥莱克·喀司普罗，”他说，“或者说聋神召唤你来到我们中间，正是我们需要你的时候。”

“需要我？”奥莱克说。

“谁能比一个伟大的作书人更能号召人们拿起武器呢？”

奥莱克脸色一沉，动作也显得十分僵硬。沉默了片刻之后，他说道：“我会尽我的力量，但我只是个外来者。”

“面对入侵者，我们都是一起的。”

“我在宫廷的时间更多，超过在市集，受到首领的支使召唤。你们的人怎么会相信我？”

“他们确实相信你。他们说你的到来是一个迹象，预示着安苏尔的伟大时代即将回归。”

“我不是什么预兆，只是个诗人。”奥莱克说。这会儿他的脸色冷得像石头一样，“起而反抗暴政的城市会找到自己的代言人。”

“你会在我们召唤你的时候为我们代言。”迪萨克说，还是理所当然的神气，“如今在安苏尔，我们传唱你的诗歌《自由》已经十年之久，躲躲藏藏，鬼鬼祟祟。那首歌怎么传到这里的，谁把它带来的？是人们口口相传，灵魂相接，辗转千里。当我们在最后时刻，在敌人面前高声吟唱时，你以为你还能保持沉默吗？”

奥莱克一言不发。

“我是个军人。”迪萨克说，“我知道什么会激励人们打胜仗。我知道像你这样的声音能起到怎样的作用。我也知道，那是你来到这里的原因。”

“我来是因为首领叫我来。”

“他叫你来是因为安苏尔的众神影响了他的心志，因为我们的时刻即将到来。平衡在改变！”

“朋友，”领爵出声道，“平衡或许在改变，但你手里可有准绳？”

迪萨克举起空空的双手，干巴巴一笑。

“阿尔德士兵中没有我们或许可以利用的骚乱迹象，”领爵说，“我们不确定阿尔德的政策是否有变化，也不知道伊欧拉斯和埃铎尔之间是什么情形。”

“啊，但我们知道的是，”迪萨克说，“伊欧拉斯有意派埃铎尔连同扈从的祭司和士兵回米德隆去。表面上是为了向新首领阿克雷寻求指示，实际上则是让埃铎尔和他的祭司们离开安苏尔。蒂莉奥·阿克塔莫的用人伊阿巴今天早上向宫中与我们联络的奴隶传达了这个消息。她是个可信的线人。”

“那你想等到埃铎尔走了之后再行动？”

“为什么要等？干吗让老鼠逃脱陷阱呢？”

“你打算攻击？袭击军营？”

“是有袭击的计划，地点和时间可是他们意想不到的。”

“我知道你有一些武器，但你有人手吗？”

“武器是有的，人手也足够。人们会加入我们。我们对他们有二十倍之众，苏尔特！这么多年的暴政、奴役、侮辱、轻慢。多年累积的怒火会爆发出来，像稻草中点燃的火把，蔓延全城。我们只要看到我们的人数之众，他们只有这么点人！我们需要的只是一个声音，能召唤大家的声音！”

他的热情感染了我，我看得出来奥莱克也同样受到了感染。这时迪萨克正望着奥莱克。一场起义、一场反抗——与那些穿着蓝斗篷的傲慢的人开战，把他们拖下马，像他们驱使我们一样驱使他们，像他们奴役我们一样去奴役他们，把他们赶出去，赶出我们的城市，赶出我们的生活——哦！这是我长久以来的愿望！我愿意追随迪萨克。现在我真正认识了他：一个领袖，一名战士。我愿意追随他，就像人们追随远古的英雄那样，赴汤蹈火，不惜性命。

然而奥莱克坐在那里，脸色木然，沉默不语。

歌里与她的狮子一样警醒，也是一言不发。

在这片紧张的沉默中，领爵说道："迪萨克，如果我对此有所要求，如果我得到回应，你会响应这回应吗？"他说到"要求"这个词时有一种古怪的强调意味。

迪萨克看着他，一开始显然没明白，然后皱了皱眉。他想发问，然而领爵的表情让他欲言又止。迪萨克坚毅、悲伤、饱经风霜的脸开始慢慢改变，一脸的坦率和不确定。"是的，"他犹豫着说，然后又更坚定地说了句，"是！"

"那我会的。"领爵说。

"今晚？"

"时间这么紧迫吗？"

“没错。”

“很好。”

“我明天早上过来，”迪萨克站起身说，充满了干劲，“苏尔特，我的朋友，我真心诚意地感激你。我们会看到——你也会看到——你的精神会激励我们大家。”他转向奥莱克——“而你的声音将会召唤我们，你会跟我们一起，我知道。我们会再次相遇，作为自由人，在一个自由的城市！勒罗和安苏尔所有神明都将保佑你，也保佑加尔瓦曼德当下听到我们这番话的灵魂和幽灵！”

他大步走了出去，以一个军人的姿态，但流露出狂喜的心情。

奥莱克、歌里和我面面相觑。有些重要的话已经出口，承诺已经做出，而我们三人却不甚明了。领爵坐在那里，没有看任何人，脸色忧郁。最后他环顾了我们几个，他的目光落在我身上。

“在这里有城市之前，”他说，“在建起居所之前，神谕就在此地。”然后他用阿瑞坦语说道，“‘他们穿过沙漠，疲惫不堪的人们，被驱逐着。他们越过俯视西海的群山，看到对岸白色的苏尔峰。山麓有一个洞穴，其中涌出清泉。在漆黑的洞穴中，他们看到空中的字迹：留在此地。于是他们饮下泉水，在那里修建了他们的城市。’”

没多久，夜已深了，我们大家各自分手，领爵对我说："来那边房间，梅默。"

于是过了一会儿，我重新穿过宅子，在空中画下字符，走进了那间一直延伸到黑暗的山底的密室。

他过了一阵才进来。我已经点亮了书桌上的油灯。他放下手里的小灯笼，但没有吹熄它。他看见我已经将奥莱克的书放在桌上，微微笑了一下。

"你喜欢他的诗歌？"

"超过任何人。连德尼奥斯也比不上！"

他又笑了起来，这一次更加开怀，有些取笑的意味："啊，他们都非常好，这些现代的作书人，但没有一个能与勒加利比肩。"

勒加利生活在一千年前的安苏尔，用阿瑞坦语写作；这种语言非常晦涩，其诗歌也极其艰深，我对勒加利的作品涉猎不深，不过我知道领爵有多喜爱这位作者。

“以后吧，”他看见我脸上的表情说，“以后再说……现在，我有很多事情要说，也有很多要问，我的梅默。我先跟你聊聊。”我们面对面地坐在桌旁，灯光投下柔和的光圈。光圈周围，高而长的房间逐渐没入黑暗；书脊上烫金的字偶尔一闪，那些书本身犹如一场沉默的集会，在黑暗中聚集。

他叫我名字的时候那种亲切温和简直吓到我了。然而他脸色极差，与他以前忍痛时一样。他开口说话都万分艰难。他说道：“我对你不够好，梅默。”

我表示不同意，我想说他给了我这辈子最宝贵的那些东西——爱、忠诚、学识——但他温和地阻止了我，尽管仍是一脸阴郁的表情。“你是我的安慰，”他说道，“我珍视的慰藉，也是我唯一寻求安慰的对象。我放弃了希望。我没有向那些给予我生命的人还债。我教你读书识字，但我从未让你知道，除了故事和诗歌以外，还有更多可以读的东西……在这里，我给了你可以轻松给予的东西。我对自己说，她只是个孩子，为什么要把负担加在她身上……”

我意识到身后房间里的黑暗；它给我的感觉就像是有形有质的。

他顽强地继续往下说：“我们之前在说血脉中的灵能，世代遗传，比如歌里的家族——巴尔家族，他们能与动物沟通，还有阿克塔莫家族有疗愈之能。我们加尔瓦家，我们祖先的鬼魂和幽灵就住在这所宅子里，我们拥有的——或许不是某种灵能，而是责任，一种联系。我们就是住在这个地方的人——居留者，我们留在这里。这个地方，这所宅子，这个房间。我们守护着这里的东西。我们打开门，又关上。我们阅读神谕的语言。”

他说这番话的时候，我已经知道他要说什么。那是他必须说，而我必须听的话。

但我的心却是一凉，沉了下去。

“出于懦弱，”他说道，“我对自己说，没必要把这个告诉你。神谕的时代已经过去了，那是个古老的故事，已经不再是真的了……有时故事会离谱，你知道的。原本真实的事情变得毫无意义，甚至成了谎言，因为真相已经进入另外的故事中。泉水会在别的地方涌现。神谕之泉已经干涸了两百年……然而它的源头却仍在流淌，在这儿，在里面。”

他坐在那里，面对着我，还有房间的另外一头，那边逐渐没入阴影，越来越黑暗，也越来越低。他不再看着我，而是看着那片暗影。他不说话的时候，我留神听着微弱的流水声。

“我看到自己的责任并坚持下去：守护和保卫剩余的一点点

东西——这里的书，人们拿来给我保存的书，我们最后的宝藏，安苏尔仅存的荣耀。那天当你来到这儿，进入这个房间，我们说起文字和阅读——你还记得吗？”

“我记得。”我说，那段回忆让我感到一点暖意。我望着自己读过的一排排书，那是我所了解和深爱的，是我的朋友。

“我对自己说，你注定了要做同样的事，接替我的位置，守住这盏孤灯。而我紧紧抓住那点安慰，否认我还有别的责任要去履行，有别的东西要教你。

“如果你的身体像我一样残破，心境也变得残缺、软弱——”他举起双手，“我无法信任自己。我有太多的恐惧。但我本来应当信任你。”

我想开口，恳求他：“别，不要，你不能信任我，我也一样软弱、一样害怕！”但这些话说不出口。

他的语气颇为粗暴。过了一会儿他继续往下说，声调又回复了温和。“那么，”他说道，“再学一点历史吧。你已经耐心地学了这么多的历史，这么小的年纪——岁月的重负都在你身上，几百年来的逝者所承担的责任！你已经承受了这一切，接下来的你也将担负。

“你的家在神谕院，而我们是神谕的解读者。它就在这里，这个房间。你都不知道什么是文字的时候，就学会了书写进入此地的字句。所以你会知道怎样阅读写下来的文字。

“最早的文字就是我刚刚说的：居留此地。

“最早的时候，四大家族的人都能解读神谕。那是他们的能力，他们的神圣之处。尽管有阿瑞坦人离开此地，沿海岸定居，开始在别处建造城镇，他们仍然会回到安苏尔，回到神谕院。他们会带来自己的问题：这样做是否正确？如果我们如此行事，会出现什么情况？他们会来到喷泉边，饮下泉水，乞求庇佑，并在那里提出疑问。随后，神谕的解读者会进入房子里，走进洞穴，没入黑暗中。如果问题被接受，他们会读出空中显现的解答。

“有时，他们走进黑暗中，尽管没有问题被提出，他们也会看到文字闪现。

“所有这些神谕的文字都被写下来。他们写的书被称为‘加尔瓦之书’。多年来，加尔瓦家族，他们在神谕洞穴修建了自己的住所，成了这些书仅有的守护者，这些文字的解释者，神谕的代言人——解读者。

“最后，这引起了嫉妒和反对。如果我们分享自己的能力，可能会好些，但我觉得我们做不到。灵能是天生的。

“‘加尔瓦之书’本身并不仅仅是神谕的记录，有时其中的文字在无人触碰的情况下也会改变，或者某个解读者打开一本书，会发现其中出现了没有人写过的文字。神谕越来越多地显现在书页上，而不是洞穴里的黑暗中。

“但那些文字本身往往十分晦涩，需要加以解读。而有些答案对应了没有被提出的问题……于是伟大的解读者达诺·加尔瓦说：‘我们不寻求真正的答案。我们寻求的迷途之羊乃是真正的问题。答案追随着它，犹如尾巴跟随着亡羊。’”

他一直都望着我身后，沉浸在自己的思绪中；现在他重新将目光投向我，沉默了。

“你有没有……你读过神谕吗？”我最后问道。我觉得自己就像一个月没说过话了；我的嗓子很干，声音发紧。

他答得很慢：“我二十岁的时候开始阅读‘加尔瓦之书’，我母亲为我指导。最先读的是其中最古老的，那里面的文字是固定的，不再变化。但最古老的也是最难以理解的，因为他们没有将问题和答案一同写下来，因此你只能凭着尾巴去追索失羊……然后有很多后世的书，上面既有问题，也有答案。两者往往都很难解，但经过探索钻研总还是会有收获。再之后，他们将藏书室移出加尔瓦曼德以后，问题就少些了。答案可能会变化，也可能消失，或是在没有问题的情况下显现。那些书是不可能再次阅读的，如同你不可能两次从神谕之泉饮下同样的泉水。”

“你问过它问题吗？”

“问过一次，”他笑了一声，用左手的指节摩挲着上嘴唇，

“我以为那是个好问题，简单直白，就像预言似乎会响应的那些。那是在安苏尔第一次围城之战的时候。我问道：‘阿尔德人是否会夺下城市？’我没有得到回应。或者如果有回应的话，是我找错了书册。”

“你是怎么——你怎么问的？”

“你会看到的，梅默。我跟迪萨克说了，今晚，我会向神谕请教关于他计划的起义的问题。他只知道那是个古老的传说，但他知道，如果神谕发话，可能会对他要做的事情有利。”

他打量了我一番：“我希望你跟我一起。你能做到吗？是否太快了？”

“我不知道。”我说。

我全身僵硬，心中充满恐惧，冰冷的、毫无头绪的恐惧。从他开始说起那些书——神谕之书，我脖子和手臂上的汗毛就一直竖着。我不想看见它们。我不愿意去那些书所在的地方。我知道它们在哪里，是哪些书。一想到要触碰它们，我就喘不过气。我差点就说：“不，我做不到。”但这些话也卡住了。

我最后说出口的话是我自己也没想到的。我说：“世上有魔鬼吗？”

他没有回答，于是我继续说，那些话直接迸了出来，嘶哑不清：“你说我是加尔瓦家的人，但我不是——不仅仅是——我两边都是——两边都不是。我怎么能继承这个？我从来都不知道。我怎么能做这样的事？我怎么接受这样的能力，因为我害怕——害怕恶魔——阿尔德人的恶魔——因为我自己也是阿尔德人！”

他发出很小的声音，让我停下来，安抚我。我陷入沉默。

他问道：“你的神明都是哪些，梅默？”

他问话的语气就像他以前教我时考问我：“厄朗特在他讲述特龙河以外地界的《历史》中说了什么？”我打起精神，像以前一样回答他，知道什么就说什么。

“我的神明有勒罗，帮助行路之人的恩驽，梦中创世的德奥利，两边守望的神灵，灶神和门神，园艺之神以涅，听不见的幸运之神，泉水之神卡兰，毁灭神桑帕和塑造神桑帕，他们是一体的；摇篮之神特鲁；还有在墓地跳舞的安纳达，森林之神和山神，海马神，我妈妈德迦洛的魂灵，你母亲埃莱约；还有以前在这所宅子里住过的所有人的魂灵和幽灵、前辈、先驱、给我们托梦之人，房间里的精灵，我房里的精灵、街神和路口的神灵，市场以及市政议会场的神灵，城市的神灵；还有岩石、海洋之神，还有苏尔的神明。”

说着这些名字，我知道他们不是恶魔，也知道，安苏尔没有恶魔。

“愿他们护佑我，也得到护佑。”我低声说，他也跟我一起低声念诵。

然后我站起来，在门口和桌子旁来回走，只因为我得动一动。那些书，我熟知的书，我亲爱的伙伴，稳稳地立在书架上。“我们要做什么？”我问道。

他站起身，拿起先前带过来的小灯笼。“先穿过这片黑暗。”他说。我跟在他身后。

我们走过了长长的房间，经过了那些书架，上面有我害怕的书。灯笼的光只照到一小块地方，我看得不太清楚。在最后几排书架后面，房顶越来越低，光线似乎也更暗了。现在我能清晰地听到流水的声音了。

地面已经不太平整。地砖变成了尘土和岩石。他一瘸一拐的步子慢了下来，更加小心翼翼。

借着灯笼明灭不定的光，我看到一小股水流从黑暗中流出，落入一个深深的洼处，消失在地下。我们经过那处洼地，沿着水流向上游而行，路面颇为崎岖。灯笼照到的地方，阴影迅速退去，它们形态巨大，没有形状，在粗糙的岩壁上掠过，留下黑色的印记。我们走进一条高高的巷道深处，这是一处长长的洞穴。我们越走越远，两边的墙壁距离也越来越近。

闪烁的灯光照在一处泉源的水上，又反射到上面的岩石屋顶，摇曳不定。领爵停下脚步。他举起灯笼，周围的阴影晃得厉害。他吹熄了灯笼，我们就在黑暗中站着。

“护佑我们，得到护佑，此神圣处所的精灵，”他的声音响起，低沉而稳定，“吾等乃尔之后裔苏尔特·加尔瓦、尔之后裔梅默·加尔瓦。我等来此，心怀信任，尊崇神圣，追随我们所见的真相。我等来此，懵懂无知，尊崇智识，求解求知。我等身入黑暗以求光明，入沉寂以求音信，入恐惧以求护佑。我族之人赖此地之灵而获欢迎接纳，我向诸神灵求问乞答。阿尔德人占我城市，现下起兵，成败如何？”

他的声音在岩壁上没有激起丝毫回响。静寂彻底吞噬了声响。只有泉水滴流的声音、我的呼吸声和他的呼吸声，周遭是绝对的黑暗。我的眼睛总是产生错觉，似乎看到了微弱的闪光，眼前的黑暗中有色彩闪现又消失，有时好像就在我的眼睛上，像一层眼罩，之后又像没有星星的夜空那样极深极远，我都担心自己掉下去，感觉就像站在悬崖边上。有一次我觉得自己看到了一点微光呈现出某种形状，有点像个字符，但它突然之间就彻底消失了，如同火花熄灭。我们站了很久，直至我开始感觉脚下的石头透过薄薄的鞋底硌着我的脚，我的背也因为僵立不动而酸痛。我有点晕眩，因为周遭的世界什么也没有，没有任何东西，只有黑暗、水流的声音、石头硌脚的感觉。没有一丝风。整个世界都是冰冷的，完全静止。

我感觉到了温暖，他的温暖，轻轻地触到我的胳膊。我们低声念着祷词，转身回去。转身的时候，我觉得更晕了，摸不清方向。在这片完全的黑暗中，我不知道自己朝着哪边——我会不会只转了一半，要么就是转了个圈？我伸出手，摸到了他的位置，感受那种温暖，他袖子的布料的触感；我拉住他的袖子跟着他。我心里想他为什么不点亮灯笼，但不敢开口。我们似乎走了很长的路，比来的时候长多了。我觉得我们怕是走错了路，越来越深地走到黑暗里去了。当我看到眼前的景象开始有变化时，我简直不敢相信，我们前面的黑暗中出现了一点点混沌的光，还不能看见东西，但显然有希望了。这时我放开了他的胳膊。但他一瘸一拐，扶住了我的胳膊，直到我们能看见路才放开。

我们回到房间里，觉得周围的空间空气清新，十分温馨，所有的东西都看得清清楚楚，满是温暖的光线，即使这里是山洞的尽头、阴影的尽头。

他探询地看着我。然后他转身朝书架那边走去，在那里，山洞入口的石头被灰泥墙取代，灰泥中时不时地有一块突出的石头。书架是嵌在墙里的，并不是在墙上挖出来的。上面放着书，有的很小，有的很大，装订粗糙，有的立着，也有的横放在架子上，总共差不多有五十个书架。一些架子上空空的，要么就只有一两本书。领爵在架子上巡视，就是那种找一本书，但不确定是哪本，或不知道在什么地方的神情。他又看了看我。

我马上看向那本白色的书，就是流血那本。我一下子就看到了它。

他察觉了我的目光。见我目不转睛的样子，他走上前去，将那本书从架子上取了下来。

他这样做的时候，我忍不住后退了一步。我说："它在流血吗？"

他看看我，又看看那本书；他用手轻轻地托着它，任它自己打开。

"没有。"他说。他举起书给我看。

我又后退了一步。

"你能读一读这本书吗，梅默？"

他翻开书，再次将它对着我。我看到了小小的、方形的白色书页。右边的书页是空白的，左边的则有几行小字。

我艰难地向前迈了一步，又迈了一步，双手握紧了拳头。我高声读出上面的文字：打破、弥合、打破。

我觉得自己发出的声音很可怕，那根本不是我的声音，而是一个低沉、空洞、不断回响的声音，那声音在我脑子里盘旋。我大叫起来："把它放回去，放到一边去！"并转身想要走回灯那边。灯火在房间另一端的一个金球中闪耀。但我就好像在梦中走路一样，只能慢慢地挪动双腿，感觉非常沉重。他走过来搀着我的手臂，我们一起走了回去。走着走着，我觉得轻松了一点。我们来到了书桌边上，感觉就像回到了家，摆脱黑夜，走进篝火照着的地方，安全的栖身之处。

我在椅子上坐下，战栗地发出一声长叹。他站了一会儿，轻轻抚着我的肩膀，然后绕过桌子，坐在我对面，跟先前一样。

我的牙齿打战。我不再觉得冷，但牙齿还是直打战。过了好一会儿，我的嘴才听使唤。

“那是回应吗？”

“我不知道。”他低声说。

“那是——是神谕吗？”

“是的。”

我咬着嘴唇，又过了好一会儿，感觉自己的嘴唇像纸板一样，同时拼命让呼吸平静下来。

“你以前读过那本书里的东西吗？”我问他。

他摇摇头。

“我没看到过文字。”他说。

“你没看到——在书上——？”我打着手势，示意那些文字是在左边书页上的，我发现自己的手指不由自主地在空中书写。

我硬生生地停了下来。

他摇摇头。

我感觉更不妙了。

“那个——我刚刚说的，那是你所问的问题的答案吗？”

“我不知道。”他说。

“它为什么不回应你？”

他一言不发。过了好一阵子，最后他说道：“梅默，如果你要问问题，你会问什么？”

“我们怎么才能摆脱阿尔德人？”我马上说，说出口的时候，我再次觉得自己是在用另一个声音说话，那个声音响亮而低沉，不是我的声音。我闭上嘴，牙齿咬得紧紧的，不让那个借我之口说话来利用我的东西流露出来。

然而我要问的问题就是这个。

“真正的问题。”他说，露出似笑非笑的表情。

“那本书会流血。”我说。这会儿我下定了决心，要说自己想说的，而不是充当传声的工具——说出我自己的话，掌控局面。“很多年之前，我很小的时候，我去了暗处那头。我跟你说过这件事，其中的一部分。我跟你说，我觉得有本书发出了响动。但我没告诉你，我看到那本书了。那本白色的书。我把它从架子上拿了下来，书页上有血，没干的血。没有文字，只有血迹。我再也没去过那边，直到今天晚上。我……要是……要是没有恶魔，好吧，恶魔是不存在的。但我很害怕那个洞穴里的东西。”

“我也是。”他说。

* * *

我们两人都疲惫不堪，但压根儿就没想到睡觉的问题。他又点起那盏小灯笼，我吹熄了桌上的灯，他在空中画出密语，我们走出了房间，穿过走道，回到那天傍晚坐的北院。头顶的天空星星密布，我吹灭了灯笼。我们坐在星光下，沉默地过了很长时间。

我问道：“你会告诉迪萨克吗？”

“会告诉他我的问题，还有我没得到答案。”

“那……那本书说的东西呢？”

“要不要告诉他，那是你的选择。”

“我不明白那是什么意思。我不知道它回答的是什么问题。我看不懂。它到底有意义吗？”

我觉得自己之前遭到了戏弄，被人利用，却不知道是为什么，好像我只是个物件，某种工具。我先前吓坏了。这会儿我觉得很丢脸，也很愤怒。

“我们让它有意义，它就有意义。”他说。

“就跟用沙子算命一样。”安苏尔有些女人干这个，只收几分钱，她们将满满一把潮湿的海沙撒在一块板子上，从沙子形成的条块、尖角以及分布形态中，她们可以预测好运和厄运、旅程顺利与否、生意境况如何、姻缘是否如意等。“你想让它具备什么意义，它就有什么样的意义。”

“也许吧。”他说。过了一会儿他又说道：“达诺·加尔瓦说，解读神谕就是赋予难解的主谜题以理性思维……以前的书中也有一些回答令听闻的人觉得毫无头绪。我们该如何抵御桑德拉曼？他们向神谕请示，那是在桑德拉曼第一次威胁要入侵安苏尔的时候。得到的回应是：不让蜜蜂接近苹果花。议事会大为光火，说其中的意思太简单了，简直就是愚蠢。他们下令征募军队，在奥斯蒂斯修建城防，抵御桑德拉曼。那些南方人渡过了河流，摧毁城防，打败了我们的军队，一直开到安苏尔城，杀死了抵抗者，宣布安苏尔成为桑德拉曼的附庸。在那之后，他们一直是很好的邻居，极少干涉我们，还与我们通商，给我们带来了财富。那个答案并非建议，而是警告：不让蜜蜂接近苹果花，树就无法结果。安苏尔如同花朵，桑德拉曼就是蜜蜂。现在其中的意思很清楚了。当时的解读者，达诺·加尔瓦，也清楚它的意思；她一看到这个回答，就说意思是我们不应当抵抗桑德拉曼。因为这个，她被斥为叛徒。在那之后，卡姆、盖尔布和阿克塔莫家族声称，议事会不应当征询神谕，并要求将大学和藏书室迁出加尔瓦曼德。”

“神谕也没给解读者和她的家族带来什么好处。”我说。

“‘钉子挨打只一次，锤子敲打千百次。’”

我想了想这句话：“要是有人不愿意充当工具呢？”

“你永远都可以这么选。”

我坐在那里，抬头仰望深邃的星空。我觉得星星就像前人的魂灵，曾经住在这座城市、这座宅子里的人，成千上万的魂灵，先辈之人，他们的生命就像遥远的火焰，闪耀在更加遥远的无尽黑暗之中。过往的生命、即将到来的生命，怎么能区分？

我本来想问，为什么神谕就不能简单直白一些，为什么不能直接说“不要抵抗”，或是“现在就发起攻击”，而是显现模糊晦涩的文字。看到星空之后，这个问题显得很蠢。神谕的意义不在于给出指令，而是正好相反：启迪思考。让我们去思索谜题。其结果可能不是特别令人满意，但可能是我们能做到的最好的。

我打了个大大的哈欠，领爵笑了。

“上床睡觉去吧，孩子。”他说。我照做了。

我穿过黑黑的大厅和过道走回我的房间，我估计自己躺在床上会睡不着，洞穴的古怪、我看到的文字，还有借我之口说出那些文字的声音：打破、弥合、打破。我触碰了门边的神龛，倒在床上，沉沉地睡了过去。

10

第二天迪萨克来的时候，我没有在领爵那边，那会儿我在帮伊丝塔洗洗刷刷。她、博米和我天刚亮就生起了炉子，将带曲柄的拧干机装好，搭起晾衣绳。中午的时候，厨房院子里已经晾满了干净的床单和桌布，白得耀眼，在炙热的阳光下被风吹得啪啪作响。

下午，在老园子里遛曦塔的时候，歌里告诉我那天上午的情形。

领爵来到院长室，说迪萨克想跟奥莱克谈谈。奥莱克让歌里跟他一起。“我把曦塔留下了，”歌里说，“它好像不喜欢迪萨克。”他们下楼去了画室，迪萨克再次想让奥莱克答应，在适当的时候站出来，号召城里的民众，引导他们起义，驱逐阿尔德人。

迪萨克滔滔不绝，咄咄逼人，奥莱克则沮丧不已，心情矛盾，他觉得这场战斗与他无关，但又觉得只要是争取自由的战斗，他都义不容辞。如果安苏尔起义反抗暴政，他怎么能袖手旁观呢？但在时间和地点上，他几乎没有选择，而且关于这场起义的详细情况，他也不知道什么内情。迪萨克不怎么透露起义的消息，这显然是明智的做法，因为起义要成功靠的就是出其不意；然而，奥莱克对歌里说，他不喜欢被利用，更希望被接纳。

我问领爵说了些什么，歌里说：“几乎没说话。昨晚，你知道，苏尔特说他会去‘问问’，迪萨克简直跳了起来。——嗯，关于这件事什么也没说。我们还没下去的时候他们已经谈过这个了，一定是这样的。”

不能向她透露任何关于神谕的事情，这种感觉真不好；我不想瞒着歌里任何事。但我知道，我没有权利透露这件事，或者说暂时还没有。

她继续往下说：“我觉得苏尔特担心的是人数。阿尔德士兵超过两千人，他说。大多数人都在宫廷和军营附近。至少三分之一的人带着武器当值，其他人离武器也很近。迪萨克怎么可能调动一支足以对抗他们的队伍，而不惊动守卫？即使在晚上，夜间的守卫都是骑马的。阿苏达尔的马跟狗一样，你知道，它们受过训练，感觉到不对劲的时候就会发出信号。但愿那位老兵知道自己在做什么！因为我估计他很快就会行动了。”

我的思绪翻腾，想到在街头的战斗。我们怎么才能摆脱阿尔德人？用刀剑、棍棒、石块。用拳头，用武力，用我们终于爆发出来的怒火。我们会击败他们，粉碎他们的权力，打破他们的脑袋，打折他们的脊梁，他们的躯体……打破、弥合、打破。

我站在一条小路上，周围是茂密的灌木丛。阳光炽烈，照在头顶。一上午泡在热水里又是洗又是晒，我的双手干燥，又肿又痛。歌里站在我身旁望着我，神情警觉而又关切。她温和地说：“梅默，你怎么了？”

我摇摇头。

曦塔蹦蹦跳跳地沿着小路朝我们跑来。它停住脚步，抬起头，一副骄傲又警醒的神气。它张开满是尖牙的大嘴，一只小小的蓝色蝴蝶拍着翅膀从它口中飞了出来，翩翩远去，无忧无虑。

我们两人止不住地大笑起来。狮子显得有些发窘，也有些迷惑不解。

“它就是口吐莲花和蝴蝶的姑娘！”歌里说，“你知道那个姑娘吗——在卡姆贝洛还是国王的时候？”

“她姐姐则是口吐虱虫，还有泥巴块。”

“哎呀，猫咪啊猫咪。”歌里边说边搔着曦塔耳朵后面的皮毛，直到狮子愉悦地摇头晃脑，发出了呼噜呼噜的声音。

这一切对我来说显得不真实。街头的战斗，洞穴里的黑暗，恐惧，大笑，头顶的阳光，眼里的星光，口吐蝴蝶的狮子。

“唉，歌里，我希望自己能明白一些事情。”我说，“你怎么去理解发生的事情呢？”

“我不知道，梅默。你要不停地尝试，有时就明白了。”

“理性的思考和不可索解的谜。”我说。

“你跟奥莱克一样坏坏的，”她说，“走吧，回家了。”

那天晚上，奥莱克和领爵聊起了伊欧拉斯首领，我发现自己能听明白，不会走神。或许是因为我已经见过首领两次，尽管那身华丽衣饰，还有畏畏缩缩的奴隶令人厌恶，以及我深知，他一念之间就能让人把我们全部活埋，但我看到的是个活生生的人，不是什么恶魔。一个冷酷、强硬、老谋深算的老头儿，全身心地热爱着诗歌。

奥莱克几乎说出了我的心声：“对恶魔的恐惧，残暴恶行——那与他不相称。事实上我不确定他对那些东西有多信奉。”

“他也许不是那么恐惧恶魔，”领爵说，“但只要他不识字，他就会恐惧文字。”

“要是我能带一本书去，打开它，读出其中的文字——与我没有书的时候所说的内容一样——”

“令人厌憎之物。”领爵摇摇头，“亵渎之行。他别无选择，只能把你交给阿忒斯的祭司。”

“但如果阿尔德人决定留在这里，统治安苏尔，与邻邦打交道，与其他地方和国家往来，他们不可能继续厌憎贸易的基础——记录和合同。还有外交——更不用说历史、诗歌！你知道吗，在城邦，‘阿尔德’的意思就是白痴？‘用不着跟他废话，他是个阿尔德。’伊欧拉斯肯定已经开始看到他们所处的不利形势。”

“但愿他是这样的。另外希望米德隆的新王也看到了。”

但我对这番对话不耐烦起来。阿尔德人不能去决定要留在这里，统治我们，与我们的邻邦打交道。这可由不得他们。我不由自主地说：“这重要吗？”

他们全都看着我，我说：“他们尽可以回阿苏达尔去，爱怎么当文盲都行。”

“是的，”领爵说，“前提是他们回去。”

“我们会把他们赶出去。”

“赶到外面去？”

“没错！从城里赶走！”

“我们的农夫有这个能力跟他们打仗吗？如果我们直接将他们赶回阿苏达尔的老家——大首领不会认为这是奇耻大辱、认为他新到手的权力受到威胁，增派几千名士兵来对付我们？他有军队，我们没有。”

我不知道说什么好。

领爵继续说：“这是迪萨克忽视的考量。他这么做可能是对的——‘深虑有害于行动。’但你发现了吗，梅默？现在阿尔德人内部的形势也在变化。我最初希望说服他们——比起将我们当作奴隶，拿我们当盟友能带给他们更多的好处——以此来争取重获自由。这需要时间。这样做的结果会是妥协，而不是胜利。但如果我们现在去寻求胜利，却失败了，希望就会非常渺茫了。”

我说不出话来。他是对的，迪萨克也是对的。行动的时机在于我们，但怎么行动呢？

“我可以在伊欧拉斯面前为你们说话，好过为迪萨克召集民众。”奥莱克说，“告诉我，如果伊欧拉斯同意谈判，城里有没有能跟他商讨条件的人？”

“有，城外也有。多年来我们一直与安苏尔海岸沿线的城镇保持联系——学者、商人，曾经的领爵和市长，主持过庆典和典礼的官员。孩子们在市镇之间传递消息，运白菜的马车夫带着他们。士兵很少搜查书信，他们不愿跟渎神之物和巫术扯上关系。”

“毁灭之神，赐我一个无知的对手！”奥莱克背了一句诗。

“在城里，这么多年来跟我谈过的一些人现在支持迪萨克。

他们想尽一切办法要去除阿尔德人扼住我们脖子的枷锁。他们做好了战斗的准备，但他们可能也愿意谈判，如果阿尔德人愿意听的话。”

* * *

第二天奥莱克没有被召入宫廷。快到中午的时候，他去了港口市集，带着歌里一起。他没有提前通告，说书的帐篷也没有搭，但他一走进市集的广场，人们就认出他了，自发地跟着他。他们没有跟得很近，一部分是因为曦塔的缘故，但他们形成一个圈，跟着他游走，向他打招呼，叫他的名字，还高声喊：“说书，说书！”一个男人叫道：“读吧！”

我没有跟他们一起走。我做男孩打扮，与平时上街一样，但不想被人看出是歌里身边的马童梅姆，歌里没有乔装。我绕路跑去了海军塔前垫高的大理石步道，爬上战马雕塑的基座，在那里可以看到整个市场。雕像出自雕刻匠雷达姆之手，用整块大石头雕成；马儿四蹄着地，强壮而沉重，头高高扬起，朝着西方，遥望大海。阿尔德人摧毁了城里大部分的雕像，但对这座却未加破坏，也许因为这是匹马；他们当然不知道，人们认为海之众神修涅是马的形象，并以此膜拜海神。我触碰塞尼石雕的左前蹄，默念祷词。修涅有所回报，给了我一片阴凉。那天已经很热了，而且还越来越热。

奥莱克走到他第一天说书的帐篷那个位置，他周围挤满了人。我所在的雕像基座很快也站满了男孩和成年男人，但我牢牢地把住马儿前腿之间的位置，如果有人推我，我就使劲推回去。市集里很多摊贩拿块布盖住货品，挤进人群中去听说书人表演，或是在自己摊位边上搭起凳子站上去，从人群的头顶远望。我看见人群中有五六个披蓝色斗篷的士兵，不久，一队阿尔德骑兵从议事大道过来，走到广场一角，但他们停住了，没有试图挤进人群中去。现场吵吵闹闹，人们相互攀谈，笑着，叫着，然而奥莱克的竖琴响了一声，人群的骚动立即停止，陷入彻底的沉寂，这幅景象未免太惊人了。

他先表演了一首诗歌。特特米尔的爱情诗《多姆的群山》，这是在安苏尔海岸沿线全境都深受欢迎的一首古老诗歌。他讲完之后，在竖琴的伴奏下唱起了副歌的部分，人们纷纷唱和，面带微笑，晃动着身体。

随后他说道："安苏尔是个小地方，但在整个西海岸都传唱着它的歌曲、流传着它的故事。我最初有所了解还是在遥远的北方，在本德拉曼。从最南面的地方，到特龙河，安苏尔的作书人都赫赫有名。和平宁静的安苏尔与曼瓦也有英雄，勇敢的战士，而作书人讲述了他们的故事。请听苏尔山上的阿迪拉和玛拉的传说！”

人群发出一阵奇特的声响，像带着悲叹的喝彩声，又是欢欣，又是伤心。那种感觉很可怕。也许奥莱克被吓到了，这种反应超出了他的预料，然而即便真是如此，他也没表现出来。他骄傲地抬起头，声音清楚有力地传了出去：“在苏尔的老领主时代，一支军队从希什之地而来……”人群彻底静默，一动不动。我从头到尾都在拼命忍住眼泪。这个故事、这些字句，对我来说是如此清晰，而我只是在沉默中了解它们，秘不示人，独自在密室里学习。现在我听到它们被高声宣读，对着我的众多族人，在我的城市中心，就在光天化日之下。海峡对岸，蓝色的高峰耸立在蓝色的雾霭之间，白色的山尖显得十分锐利。我攀住修涅石像的前蹄，忍着热泪。

故事讲完了，一片静寂之中，阿尔德人的一匹马发出一声响亮清晰的嘶叫，就是常规的战马嘶鸣。这声音打破了魔咒。人群笑了起来，动了起来，开始高喊：“嗳嗬！嗳嗬！赞美作书人！嗳嗬！”还有人叫道：“赞美英雄！赞美阿迪拉！”广场东侧的骑兵队改换了阵形，似乎要冲入人群，但人们毫不在意，并没有远离他们。奥莱克安静地站着，低头鞠躬，久久不动。人群的骚动没有止息，最后他在一片骚动中开口了，他没有高声大叫，而是好像用平常的语调说话，但他的声音远远地传出，令人吃惊：“来吧，跟我一起唱。”他举起竖琴，随着人们逐渐安静下来，他唱出了自己的歌曲《自由》的第一句：“有如身处隆冬暗夜时……”

我们也与他一起唱起来，成千上万的声音。迪萨克说得对。安苏尔人知道这首歌。不是从书上知道的，我们已经没有书了。它来自空中——口口相传，心灵相接，传遍了整个西方大地。

一曲唱毕，众人再度沉寂。过了一会儿，骚动又起，人们欢呼喝彩，要求继续，但同时也有愤怒的呼叫。人群中还有个声音低沉的男人叫道：“勒罗！勒罗！勒罗！”——其他人的声音也加入进来，像吟唱一样，节奏很快，带着向上的声调。我从没听过，但我知道，这一定是以前那些古老的调子之一，那些节庆、游行、礼拜的歌曲，在我们可以自由赞颂我们的神明的时代，这些曲子曾经传唱于街头。我看到骑兵队在人群中挤出一条路，导致人群的骚动，吟唱声失去了力量，逐渐沉寂。我看到奥莱克和歌里走下台阶，向东边去了，他们没有穿过广场，而是跟在阿尔德人骑兵后面。人群仍在抗拒骑兵，但慢慢给他们让开了路——对着一匹直直地朝你而来的马，很难不让开，这一点我深有体会。我从雕像基座上滑下来，钻过人群，直到走上议事大道，我沿着那条路跑过去，从海关后面抄了近路，在西街上与我的朋友会合了。

一群人跟着他们，但没有跟得太近，大多数人到了北运河的桥那里就没有继续跟着了。作书人、歌唱者，他是神圣的，不可侵扰。我还在高处的雕像基座那里时，我看见有人触碰奥莱克先前所站的地方，在海事处的台阶上方的人行道那里，他们触碰那个位置以求福祉；有那么一会儿，那个地方没有人走过。同样地，他们远远地跟随他，高声赞颂，开着玩笑，哼唱他的自由赞歌。那吟唱的声音又一次响起了片刻："勒罗！勒罗！勒罗！"

我们一路无话，上山回到了加尔瓦曼德。奥莱克棕色的面孔累得几乎成了苍白，他走路的时候压根儿连路都不看；歌里搀着他的胳膊。他直接去了院长室。歌里说他要歇一歇。我开始领略到他的灵能的代价。

* * *

黄昏时分，我在下面的马厩里，跟一群新出生的小猫玩。自从曦塔来了之后，博米的猫儿们一直十分害怕，躲着人，但小猫根本不知道怕。这一窝小猫刚好长到了能撒野的时候，互相追逐，在柴堆里穿梭，被自己的尾巴绊倒，突然停下来，瞪着小小的、专注的圆眼睛，然后又飞快地跑走。古迪特一直在马道上遛星辰。他站在那里看着小猫，一副闷闷不乐、不以为然的神气。有一只小猫遇到了麻烦，直接爬到了柱子上，僵在那里叫唤，不知道怎么下来；古迪特轻轻将它从柱子上摘下来，像摘一根毛刺似的，然后轻轻地将它放回柴火堆上，说：“害人精。”

我们听到“嘚嘚”的马蹄声，一名身披蓝色斗篷的军官策马进门，将马停在拱廊上。

“喂？”古迪特用好斗的语气高声说，尽可能地伸直了驼背，瞪起眼睛。从来没有人不请自来地进入他的马厩。

“安苏尔首领宫廷有信给作书人奥莱克·喀司普罗。”那名军官说。

“啊？”

军官好奇地打量了一番这个老人。“首领让作书人明天下午前去宫廷见他。”他颇为有礼地说。

古迪特草草地点了个头，转过身去。我也看着别处，抱起一只猫咪做掩饰。我认出了那匹优雅的栗色母马。

“嘿，梅姆。”有人说道。我动作一僵，不情愿地转过身，西默站在马厩里。那名军官正带着马退出拱廊。他一边让马掉头，一边跟西默说话，西默朝他敬了个礼。

“那是我爸爸。”西默对我说，骄傲的神情一览无余，“我问他我能不能跟他一起来。我想看看你住的地方。”我瞪着他一言不发，他的笑容淡了下去。“这儿——这儿可真大，”他说，“比宫廷还要大。没准儿。”我一句话也没有。“这是我见过的最大的房子。”他说道。

我点点头。这完全是下意识的。

“那是什么？”

他走近了些，俯身看着小猫。它在我手里拼命扭来扭去，凶猛地挠我。

“猫。”我说。

“噢。它是那头狮子生的吗？”

怎么会有这么蠢的人？

“不是，就是只家猫。给！”我把小猫递给他。

“哎哟。”他说着，几乎把猫扔在了地上。小猫竖着小小的尾巴，飞快地跑开了。

“猫爪子。”他说着，吮了吮自己的手。

“没错，确实很危险。”我说道。

他一脸迷糊。他总是一副迷糊的样子。利用这么迷糊的人不太地道，但这几乎是无法抗拒的。

“我能看看这房子吗？”他问道。

我站起身，拍了拍手上的土。“不能。”我说，“你可以从外面看，但你不能进去。你压根儿就不应该走到这儿来。陌生人和外人停在前院，只有在应邀的情况下才会进去。有教养的人会在街上下马，触碰门槛，然后才进到前院。”

“呃，我不知道。”他说着，退后了一点。

“我知道你不知道。你们阿尔德人对我们一无所知。你们只知道我们不能进你们的屋子。你们甚至不知道，你们也不能进我们的屋子。你们什么都不懂。”我极力忍住内心涌起的那股怒气，它令我浑身发抖，同时又有种胜利的感觉。

“呃，那个……我是希望我们能做朋友。”西默说。他还是那副卑微的样子，但这话要说出口也需要一点勇气。

我朝拱廊那边走去，他跟着我。

“我们怎么可能做朋友？我是个奴隶，记得吗？”

“不，你不是。奴隶是……奴隶是阉人，你知道，还有女人，还有……”他没词了。

“奴隶必须照主人的命令行事。如果不听话，就会被打被杀。你说你们是安苏尔的主人，那我们就是奴隶了。”

“你不用照我说的做。”他说，“你又不是什么奴隶。”

这话倒是说对了。

我们已经出了马场，沿着主屋高高的北墙而行。这堵墙是以巨大的方形石块砌成，高达十英尺；上面是一层更精细的石刻，有高大的双拱窗户，更高的地方，精雕细琢的檐口支撑着石板屋顶的深檐。他好几次偷眼朝上看，飞快地斜瞟，就像马儿在打量令它受到惊吓的东西。

我们绕行进了前院，这里与整个房子的宽度一样。院子比街道高一个台阶，由一排形成拱廊的柱子与街道隔开。步道由抛光的石头铺就，灰黑两色，形成复杂的几何图案，组成一个迷宫。伊丝塔跟我说过，过去那会儿，在新年第一天，春分的时候，他们会在这个迷宫跳舞，歌颂保佑生长万物的神明以涅。步道脏兮兮的；尘土和树叶子被吹到上面。清扫是个大工程。我试过几次，但永远没法让它保持整洁。西默迈步准备穿过迷宫。

“别走那儿！”我说。他跳了起来，跟着我走下柱子间的台阶，走到街上，两只眼睛直愣愣的，带着受惊的、无辜的神气，就跟那些小猫一样。

“恶魔哦。”我龇着牙，恶狠狠地说，指着石头上灰黑相间的图案。他根本就没看见。

“那是什么？”他说。他看的是神谕泉的残余部分。

如果你正对大门，喷泉就在你右手边。喷泉池是绿色蛇纹石的——那是勒罗的石头——宽十英尺左右。水曾经从中间的喷口涌出；现在，青铜喷口从一块残破的大理石中露了出来，那石头已经破碎不堪，看不出形状，你肯定想不到，它以前曾经是一个瓮的形态，雕刻着水芹叶和百合花。尘土和枯叶遍布泉池。

“一个满是恶魔之水的喷泉，”我说，“它几百年前就干涸了。但你们的士兵还是不管不顾地打碎了它，就为了让恶魔现身。”

“你没必要一直说恶魔什么的吧。”他不高兴地说。

“噢，不过你瞧，”我说，“看，那个瓮的底部周围，那些细小的雕刻？那是文字。是字迹。字迹是黑魔法。书面文字都是恶魔，不是吗？你想不想走近点，读一读它们？想不想近距离地看看恶魔？”

“得了，梅姆，”他说，“省省吧。”他瞪着我，一脸受伤的表情，又充满恼怒。这正合我的意，不是吗？

“行吧，”我过了一会儿说道，“不过你看，西默，咱们俩不可能做朋友。除非你能读懂那个喷泉上的文字。除非你能触碰那块石头，为我的家宅祷告。”

他望着台阶中间嵌的那块长长的象牙色门槛石——几百年来经历了无数人的手触碰，它已经浅浅地凹下去一点。这会儿我弯下腰，碰了碰它。

他没说话。最后他转过身，沿着加尔瓦街走了。我望着他远去，内心丝毫没有胜利的感觉。我觉得自己一败涂地。

*　*　*

那天晚上奥莱克跟大家一起吃了晚餐，他的精神恢复了，肚子也饿了。我们先聊了他的表演，他、歌里和我告诉了领爵，他说了什么，以及人们的反应。

索丝塔之前去了市集听他表演，这会儿更是一副晕了头的样子，在桌子另一边直勾勾地盯着他，一脸柔情，直到他都禁不住同情起她了。他想开个玩笑，但不管用，于是他试着将她的思绪从自己身上转向她真正的未来，问她结婚之后会住在哪里。她勉强解释说，她的未婚夫已经选择了加入我们家族，成为加尔瓦家的人。奥莱克和歌里对人们行事的风俗习惯特别有兴趣，他们问了很多关于我们议亲、嫁娶习俗的问题。大多数时候索丝塔只顾凝视着他，脉脉含情地一言不发，问题都归领爵回答了；但当伊丝塔跟我们一起坐下时，她终于有机会夸耀自己的准女婿，她很喜欢干这个。

“他和索丝塔婚礼前那么久不能见面，好像挺难的，”歌里说，“三个月啊！”

“未婚夫妻以前可以在任何公共场合见面，”领爵解释道，“但现在我们办不了舞会或庆典了。所以可怜的人儿们只能趁过路的时候偷偷瞧上一眼……”

索丝塔红着脸傻笑起来。她的未婚夫每天晚上准时跟朋友溜达着路过，而那个时候，伊丝塔、索丝塔和博米也刚好会在侧院里坐着透透气，对着加尔瓦街。

晚饭后，我们其他人去了北面的小院。我们到那儿的时候，迪萨克已经等着了。他走上前来，拉着奥莱克的双手，为他祷告。“我就知道你会为我们说话的！”他说，“火种已经点燃了。”

“看看首领对我的表演怎么说吧，”奥莱克说，“我可能受到责难。”

“他召你了吗？”迪萨克说，“明天？什么时候？”

“傍晚——是吧，梅默？”

我点点头。

“你要去吗？”领爵问道。

“当然。”迪萨克说。

“我几乎不可能拒绝，”奥莱克说，“不过我可以要求改期。”他看着领爵，警觉地捕捉到他问的用意。

“你一定得去。”迪萨克说，“时机正好。”他的语调十分直率，一派军人风格。

我看得出来，奥莱克不愿意人家让他必须得去。他还是看着领爵。

“改期也没什么好处，我想，”领爵说道，“但去可能会有危险。”

“我该一个人去吗？”

“对。”迪萨克说。

“不对。”歌里用平静、平板的声调说道。

奥莱克看着我：“所有人都可以发号施令，只有我们俩除外，梅默。”

“神明爱诗人，因为他们遵从神明所遵从的律法。”领爵说。

“苏尔特，我的朋友，不管做什么都是有风险的，”迪萨克带着一种急不可耐的热情说，“你关在这里，远离街上的生活、人们的行为。你生活在古老时代的阴影中，分享他们的智慧。但时机来临的时候，行动才是明智的——谨慎反倒有害。”

“当行动的意愿胜过想法，时机就到了。”领爵不为所动地说。

“我还得等多久？根本没人给我答案！”

“这不在我。”领爵飞快地瞥了我一眼。

迪萨克没注意，他这会儿已是怒气冲冲：“你的神谕不是我的，我又没生在这儿。让书本和小孩子们告诉你怎么做吧，我会用自己的脑子。如果你不信任我，把我当外人，那你多年前就应该告诉我。跟我一起的人相信我。他们知道我别无所求，只想让安苏尔获得自由，恢复与桑德拉曼的联系。奥莱克·喀司普罗知道这一点，他跟我站在一起。我这就走，等到城市自由了，我会再来加尔瓦曼德。到那个时候你肯定就相信我了！”

他转过身，大步走出了院子，他没有穿过宅子，而是沿着敞着的北边那些残破的台阶走了。他转过房子的拐角消失了。领爵沉默地站在那里，望着他。

过了很久，奥莱克问道：“我是不是那个点火的傻瓜？”

“不是，”领爵说，“或许是一点火星。这没什么可责怪的。”

“要是明天去，我就自己去。”奥莱克说，但领爵微微笑了一下，看着歌里。

“你去我也去，”她说，“你知道的。”

过了一会儿，奥莱克说：“是，我知道。但是，”他对着领爵说，“如果我今天做得过火了，首领可能不得不惩罚我，显示他的权力。你是担心这个吗？”

领爵摇摇头：“他没有派士兵来这儿。我担心的是迪萨克，他不会等着勒罗眷顾。”

勒罗是我们城市所在之处的古老而神圣的灵魂，是平衡的时刻；勒罗是港口集市上的一块巨大的圆石，它保持着精妙的平衡，仿佛随时都可能移动，却从未移动过。

领爵很快跟我们告别，说他累了。他没有暗示我一会儿去找他。他走进房子里，步伐缓慢，一瘸一拐，挺直了身体。

那天晚上，我一次又一次地醒来。眼前浮现出那本书上的字迹，“打破弥合打破”，耳边也响着那个声音。我脑子里不断地重复着这些话，一遍又一遍，试图让它们具备含义。

11

第二天早上，我很早就做了礼拜，然后把两个市集都转遍了，不光是为了买我们需要的食物，还想去看看城里的情形。我想着，形势肯定会发生变化，大家会为惊天动地的大事件做好准备，就像我一样。但似乎没有人为任何事情做好准备。一切都一如往常，街上的人们匆匆忙忙，避免目光交接，免得惹上麻烦；身披蓝色斗篷的阿尔德卫兵在市集角落大摇大摆；小贩在各自的摊位上，小孩子和老年妇女讨价还价地买东西，蹑手蹑脚地走小路回家。没有紧张的气氛，没有兴奋的空气，没有人说任何出格的事情。只有一次，我觉得自己听到有人经过海关街的桥时吹着口哨，吹出了《自由》调子里的几个音。

傍晚时分，奥莱克和奇埃出发前往议事厅，他们是步行去的。他们带上了曦塔，但没带我。不骑马就没理由带上马童了，而且他们担心可能有危险。我如释重负。我不想面对西默，因为一想到他，我的心就沉甸甸的，满是羞愧。

但他们一走，我就觉得在家里待不下去了。我受不了坐在家里等。我必须得离议事山近一些，那是他们所在的地方。我得离他们近些。

我穿上女装，将头发束起来，而不是像小孩子或男人那样长长地披散着，这样我就成了女孩梅默，不是马童梅姆，或者无名小子。我想穿自己的衣服，因为我想以本来面目示人。或许我就是想让自己遭遇一点危险，这样才会感觉自己跟他们是一起的。

我沿着加尔瓦街快步而行，没有抬头，女人一向都是这样走，直到我来到中央运河上的金匠桥。安苏尔的黄金大多运往了阿苏达尔；桥上的许多店铺早已关门，但还有一些仍在卖廉价的小饰品以及礼拜用的蜡烛之类。我可以走进其中一家店里，远离大路，留意我的朋友们的动向。

虽然之前市集上没有动静，这会儿在距离议事山最近的桥上也毫无异动，当值的两名阿尔德步兵懒洋洋地在桥上的台阶上玩骰子，但我还是有种挥之不去的感觉，觉得有什么事情正在发生，或者即将发生——感觉头顶有什么大东西正不停地弯曲，即将折断。

我站在一家铺子门口的阴影里。我跟看店的老人聊了聊，跟他说我在这儿等朋友；他狡黠地点点头，带着不以为然的神气，但还是让我留下了。现在他在柜台后面打着瞌睡，柜台上的托盘里摆着木头珠子、玻璃手镯，还有熏香。外面没什么人经过。门框边上有个小小的神龛，我不时地触碰它的基石，默念祷词。

就像做梦一样，我看见一头狮子踱了过去，甩着尾巴。

我从店里出来，跟我的朋友们一起走，他们只是略微有些惊讶。"我喜欢你这个发型。"歌里说。她打扮成奇埃的样子，但现在不再扮演那个角色了。

"跟我说说情形怎么样！"

"等我们到家再说。"

"不行，求你了，现在就说！"

"好吧。"奥莱克说。我们在桥北头的台阶上。走到最底下的台阶时，他转向一侧，那里有一条带栏杆的大理石步道伸向运河；从那里有一段窄窄的楼梯，通往供船只和渔民使用的码头。我们走下台阶，来到运河河堤上，刚好在桥底下，从街上看不见这个位置。我们最先做的就是弯下腰，触碰河水，念诵桑蒂斯的祷词，我们的四条运河都是依托桑蒂斯河而建的。然后我们都蹲在那里，看着有些棕绿色、半透明的河水流动。河水似乎带走了焦灼的感觉。但很快我就开口道："怎么说？"

"嗯，"歌里说，"首领想听听奥莱克昨天在市集上讲的故事。”

“阿迪拉和玛拉的故事？”

他们都点点头。

“他喜欢吗？”

“喜欢。”奥莱克说，“他说他不知道我们还有那样的战士，但他尤其喜欢苏尔的旧领主。‘勇气有来自刀剑的，也有来自语言的，来自语言的勇气更加珍贵。’你知道，我真希望我能有办法让他和苏尔特·加尔瓦碰个面。他们会懂得彼此。”

要是早几天，我听见这话会觉得受到冒犯，现在似乎没关系了。

“没有任何不寻常的事情吗？他没叫你演唱《自由》，是吗？”

奥莱克笑了：“他没有。不过有一点小乱子。”

“祭司们又在帐篷里开始诵经礼拜，就在奥莱克开始吟唱的时候，”歌里说，“他们声音很大。又是击鼓，又是铙钹连声。伊欧拉斯的脸色黑得像雷云。他让奥莱克停下来，派人进了那个帐篷。祭司长立马就出来了，一身红衣，带着很多镜子，非常华丽，但一副死人脸的样子。他站在那里说，对火焰之神的神圣礼拜不能被异教徒的不敬之举打断。伊欧拉斯说，祭祀的仪式应当在日落时分举行。祭司说仪式已经开始了。伊欧拉斯说，离日落还有两个小时。祭司说仪式已经开始了，而且会继续下去。于是伊欧拉斯说：‘不虔诚的祭司犹如国王鞋子里的毒蝎！’他派人找来奴隶，在东运河上方的拱廊边用杆子撑起垫子遮阴，我们一大群人都跟了过去，奥莱克继续往下说。”

“但伊欧拉斯输了这局，”奥莱克说，“祭司们继续他们的祭祀。伊欧拉斯最后不得不匆忙赶往大帐，免得错过整个仪式。”

“祭司擅长操弄人心，”歌里说，“本德拉曼有不少祭司，对人们颐指气使。”

“嗯，”奥莱克说，“他们地位尊崇，负责进行重要的仪式，所以他们能搬弄是非、干涉政治……要对付这帮人，伊欧拉斯需要大首领的支持。”

“我觉得他把你当作支持，”歌里说，“当成开始与这里的人产生某种联系的途径。我在想，这是不是他召见你的原因。”

奥莱克一脸深思，坐在那里想这个问题。我们头顶上方的街道上，一匹马疾驰而过，蹄铁踏着石头，发出响亮的嗒嗒声。运河中央平滑的水面泛起波纹，荡漾开来。白天里整日不息的海风已经平息，晚间的陆风正开始吹拂。原本躺在地上的曦塔站了起来，发出一声低沉单调的吼叫。它背上的毛有点竖起来，看上去更显得毛茸茸的。

水漫上最底下的大理石台阶，还有码头的地桩。在城市上方林木茂密的山间，逐渐消失的金红色光线中有种烟雾似的色彩。水边的一切都很平静，但仿佛憋着一口气，似乎一切都静止了，蓄势待发。狮子站起来，紧张地听着。

又一匹马飞驰而过，就在我们头顶的桥上——不止一匹，而是一阵马蹄声，还有人在桥上奔跑的脚步声，以及呼喝之声，在我们头顶，远处也有。我们都站了起来，瞪着桥上的大理石栏杆和房子背面。“出了什么事？”奥莱克说。

我的声音很大，但不知道自己在说什么：“正在打破，正在打破。”

这个时候，呼喝和叫喊的声音就在我们正上方——马儿嘶鸣，脚步声，更多的呼喝声，混战的声音。奥莱克走上台阶，又停了下来，他看到大理石栏杆边上的人，一大群人，他们在战斗，或是挣扎，有的高声下令，有的恐慌地尖叫。他一弯腰，躲开从栏杆上飞过来的什么东西，那是一个巨大的黑影，摔在台阶边上的泥地里，发出一声带着水气的钝响。台阶顶上冒出几个脑袋，几个男人在朝下看，打着手势大声呼喊。

奥莱克已经从台阶上跳了下来。他说：“桥底下！”我们四个都跑到桥下最后一个低矮的桥洞里藏了起来，那里与河岸相接，桥上的人看不见我们。

我看到了先前掉下来的东西。那个东西没多大。其实就是个人，掉在最下面的台阶边上，像一堆脏衣服。我没看见脑袋。

没人从桥上下来。桥上的喧闹声突然完全消失了，然而远处某个地方，在议事厅的方向，传来一声巨大的钝响。歌里走到掉下来的那个人边上，跪在他身边，朝着她上方的栏杆瞥了一两眼，那里可能会有人看见她。她很快就回来了。她手上黑乎乎的，不知道是泥还是血。“他的脖子断了。”她说。

“那个人是阿尔德人吗？”我低声说。

她摇摇头。

奥莱克说：“在这儿待一阵子，还是想办法回加尔瓦曼德？”

“不能走大街。”歌里说。

他们都看着我，我说：“走河堤。”他们没明白我的意思。“我不想待在这儿。”我说。

“带路吧。”奥莱克说。

“我们是不是该等天黑再说？”歌里问道。

“走树下没关系。”我指着运河，大大的柳树枝条低垂，笼罩着河堤。我迫切地想回家去。我担心我的领爵，担心加尔瓦曼德。我得赶紧回去。我出发了，远离水边，靠着墙根走，很快我们就走到柳树底下了。有几次我们停下脚步，回头看去，但在底下这个位置什么也看不见，只能看到桥上那些房子的轮廓，还有河对岸的墙，以及树顶和屋顶。我们也听不见街上传来什么声音。我觉得我闻到了烟味。

我们走到了河堤那里，这些石头砌成的高墙如同堡垒，在桑蒂斯河从山间流出的位置阻住了它，并将它分开。与所有安苏尔的孩子一样，我曾经在河堤上玩耍，攀爬墙上凿出的陡峭台阶，在缺口处跳来跳去，跑过连接河岸、供工人和挖泥船使用的窄窄的铁板桥。那时候我们玩的游戏就是激某个孩子走过铁板桥，而其他孩子在上面跳，桥就会在水里激烈地上下晃悠。而现在我们的难题是让曦塔鼓起勇气过桥。它看了一眼薄薄的桥板，还有从上面流过的河水，然后就蹲下了，肩膀耸起，尾巴放低，那意思很明显：不。

歌里马上坐在它身边，一只手放在它头顶。她和曦塔好像在讨论似的。我看到了这一幕，但由于心急，我已经开始过桥了。一旦上了桥，就不能停下，一直往前走就是过桥的秘诀。我一直走过了桥，站在对岸，觉得自己蠢死了，倍感绝望，直到我看见歌里和曦塔都站起身，开始过河——歌里在桥板上一步一步地走得很稳，狮子在她身边游泳，凶猛的脑袋保持在水面上。奥莱克跟着歌里。

到了岸上，曦塔晃着身子，但猫儿不像狗那样能把水甩掉。在暮光中，它湿湿的皮毛颜色显得很深，它看上去干枯瘦小。它充满力量地咆哮了一声，露出白牙。

“那边有座桥，还有一艘船。”我说。

“继续带路。”奥莱克说。

我带着他们穿过桥墩，到了东运河，还是像刚才那样过了河；然后攀着凿出来的狭窄阶梯，爬上巨大的楔形桥墩，那桥墩将东运河与河本身隔开，我们爬过了桥墩，再次向下方的河流而去。那个时候天色已经很暗了。我们坐着一直在那里的拉索渡船过了河。船刚好在我们这边；我们上了船，拉着绳索过河。水流很急，奥莱克和我两个人才把大家拉了过去。曦塔不想上船，也不愿意待在船上，一路都在低声咆哮，有时从喉咙深处发出吼声。它浑身发抖，不知是因为冷还是害怕或愤怒。歌里不时跟它说话，但多数时候只是将一只手放在它头顶。

拉索渡船的停泊处在老园子底下。歌里松开绳套，曦塔纵身一跃，跑进幽深的树林里，没了踪影。我们跟着它，在树丛中摸索，走过了歌里、曦塔和我之前走的小路，又沿着小路下去，从东北方向到了加尔瓦曼德。狮子在我们前面跑着，像暗影中的一片暗影。加尔瓦曼德耸立着，高大、幽暗、静寂，像一座山。

我慌乱地想，它死了，他们都死了。

我抢在其他人前面跑过院子，跑进房子里，高声喊着。没人回答。我跑过领爵的套间，全都是漆黑一片。我又跑回密室那边。我的手抖个不停，几乎写不了开门的密语。房间里没有灯，只有天窗透进来的微光。没人。一个人也没有，只有那些会说话的书，洞穴里的存在。

我关上门，一路狂奔穿过黑灯瞎火的走廊和过道，来到大家住的地方。大院子的另一头传来一线温暖的光。他们都聚在我们吃饭的餐厅里——领爵、古迪特、伊丝塔、索丝塔，还有博米，歌里和奥莱克已经跟他们在一起了，我在门口猛地顿住脚步。领爵走到我面前，将我抱在怀里。“孩子，孩子。”他说着。我用尽全身的力气紧紧地抱住他。

我们围桌而坐。伊丝塔一定要让我们吃掉她准备的面包和肉，我也确实饿极了。我们彼此交换了各自知道的消息。

古迪特之前在中央运河边上的一间啤酒屋，他跟几个老朋友经常在那里聚会，坐着慢慢聊马经，那些人也全是马夫、马童什么的。“突然之间，”他说道，“我们听到很多声音，在议会山上。然后有烟冒出来，很大一股黑烟。”号角的声音响起，阿尔德士兵或骑马或徒步，纷纷冲了过去，全都沿着议事大道往上冲。古迪特和他的朋友们想办法走到了加尔瓦街，但那边的议事厅广场入口处已经聚集了一大群人，既有阿尔德人，也有平民。“大家都高声叫喊着，挤成一团，阿尔德人拔出了剑，”他说，“我不喜欢挤在人堆里。我决定回家。这合情合理。”

他想沿着加尔瓦街走，但路被成群的平民阻断了，前面似乎还有打斗。他不得不绕道盖尔布街走到西街。在我们这半边，形势似乎平静一些，但他看见有人朝着议事厅的方向去了；正当他走到加尔瓦曼德的时候，一队阿尔德骑兵疾驰而过，挥舞着剑大叫：“离开街道！进屋里去！街上不得留人！”

我们确认加尔瓦街的确发生了打斗，在金匠桥那里，而且有一个人从桥上掉下来死了。

古迪特到家不久，博米的一个朋友跑来，报告说“大家都说”议事厅着火了。但一个跑回家的邻居说，是议会广场中阿尔德人的大帐篷被人烧了，阿尔德人的王上在里面，还有许多红袍祭司。

除此以外没有别的消息。因为黑夜里没有人敢出门上街，而且到处都是阿尔德士兵。

伊丝塔吓坏了。我估计她想起了十七年前城市陷落时的恐惧，难以自持。她给我们准备了吃的，命令我们吃东西，但她自己一口也没吃，她把手放在腿上，掩饰颤抖不已的双手。

领爵让她和女孩子们去睡觉，跟她们说奥莱克和歌里会在房子前守着。“带着狮子一起，”他说，“你们不用担心。有狮子呢，没人敢进来。”

伊丝塔温顺地点点头。

“古迪特会照料马儿，像平常一样。梅默和我在老房间里值守。没准儿夜里会有某个朋友过来，带来消息。希望如此。”他的语调十分温和愉悦，伊丝塔和女孩们也振作起来，或者至少假装振作。我们清理了厨房后，她们鼓起勇气说了晚安，然后一起走了。她们已经看到歌里在前门的台阶最高处就位，刚好在大门里面，街上有任何动静，任何人走过或者进入前院，她和曦塔都能看到。奥莱克充当了我们其他人之间的联络人，不时去看看古迪特以及领爵的情形，并巡视废弃的房子南侧。

我们心里隐隐约约地都在担心同一件事，担心阿尔德人出于恐惧或报复的心理，再次将加尔瓦曼德当成目标。

那天晚上静悄悄地过去了。我好几次上到院长室，在那里可以看到全城——没有一点不寻常的迹象。山麓挡住了议事厅，从我们这边看不到；我朝那个方向望去，想看看有没有烟雾升腾，或是火光闪耀，但什么也没有。我又下楼，在长廊与领爵会合。我们聊了几句，然后沉默地坐着。那是个初夏的夜晚，有种温暖轻柔的感觉。我本想再去楼上的窗户那里看看，却坐在椅子上沉沉地睡着了，直到听见有人说话才惊醒。

我吓得跳起来。房间另一头有个男人，站在院子门口处说道：“我能不能留下，你们能收留我吗？”

“可以，可以，”领爵说道，“进来吧。有人跟你一起吗？

进来，你在这儿很安全。有没有人跟着你？”他的语调温和平静，问话毫无紧迫之意。他将那个人拉进房间，我从他们身边跑过去，看外面还有没有人。我看见一个人站在外面的院子里，在星光下只能看到一个黑色的身影，我差点高声示警——但那是奥莱克。

“逃亡者。”他低声说道。

“有人跟着他吗？”

“我没看到。我再去后面看看。盯着点这里，梅默。”

他很快穿过拱廊回去了。我站在门口，看着外面，同时听着领爵和那个逃亡者的对话。

“死了。”那个人用粗哑的声音低声说。他说话的时候不停地咳嗽：“他们全死了。”

“迪萨克呢？”

“全死了，所有人。”

“他们攻击议事厅了？”

“大帐，”那个男人摇摇头说道，“大火——”他迸发出一阵剧烈的咳嗽。领爵从桌上的玻璃水瓶里给他倒了点水，让他坐下喝。他坐在灯旁，我看清了他的样子。我不认识这个人，他不是经常来的那些人之一。这人年纪在三十岁左右，头发乱蓬蓬的，衣服和脸上都糊着尘土，也可能是血迹。我认出他的衣服是在宫廷里侍奉的奴隶穿的条纹衣服。他在椅子上缩成一团，咳得喘不过气来。

“他们点火烧了大帐？”领爵道。

男人点点头。

“首领在里面？伊欧拉斯？”

他再次点点头：“死了，他们全死了。火势就跟烧稻草一样，像一场篝火，烧得……”

“但迪萨克不在帐篷里吧？在吗？——不，再喝点水，过会儿再告诉我。你怎么称呼？”

“凯德尔·安特罗。”那个男人说。

“盖尔布曼德家的，”领爵说，“我认识你父亲，铁匠安特罗。我还是领爵的时候，盖尔布家的人曾经借马给我。你父亲特别在意马蹄铁。他还在吗，凯德尔？”

“他去年死了。”那个人说道。他喝光了水，坐在那里，一副精疲力竭的样子，一脸茫然，眼睛直愣愣的。

“我们放了火，然后往外跑，”他说，“但他们在那儿，包围了我们，把我推回去，推回火里。所有人都在叫喊推搡。我跑出来了。我是爬出来的。”他低下头，迷惑地看看自己周身。

“你烧伤了吗？受伤了没有？”领爵走近了些，上下打量着他，摸了摸他的小臂。“你在那边烧伤了，要么是划伤了。让我们看看。不过首先，告诉我你是怎么到加尔瓦曼德来的？你一个人吗？”

“我是爬出来的。”凯德尔重复道。他的心神并没有跟我们一起在这个安静的房间里，而是还在烈火中。“我爬着……我到了东运河上边，跳了下去。那些人还在后面打斗，整个广场上到处都在杀人。我往下走……直接到了海边，所有街道上都有卫兵骑行。我躲在房子后面，也不知道能去哪里。我想着他们可能来这儿，来神谕院。我不知道去哪儿。”

“你做得很对。”领爵还是那副宽慰、平淡的语气，“我来把灯点亮些，看看你的胳膊。梅默，你帮我再拿点水，拿块布来好吗？”

我不想离开放哨的位置，但那个男人似乎的确是一个人来的，没有人跟着他。我拿了一个盆，打了水，还有布条，以及我们用来治烫伤和割伤的草药药膏；我清理了凯德尔胳膊上烧伤的地方，给他涂上药，做这种活儿，我的手比领爵灵便多了。经过了一番照料，又喝了一小杯白兰地——那是领爵留着过恩弩节或者应急的——这会儿凯德尔显得没那么茫然了。他说了谢谢，迟疑着说了祝祷的话。

领爵又问了他几个问题，但他也说不出更多的东西了。迪萨克手下的一小群人——其中一些人是阿尔德人的奴隶，还有的则是像凯德尔这样假扮成奴隶的——趁庆典进行的时候渗透到了大帐，在好几处地方点火。但计划出了问题。“他们没来。”凯德尔不停地说。凯德尔和迪萨克等一部分密谋者在离开起火的大帐时被人看到了；另外的人本来应当在广场上等着击杀从火中逃出来的阿尔德人，但他们自己却被击倒，或是未能接近大帐——凯德尔不知道是哪种情况。他想说这个的时候开始抽泣，又咳了起来。“好了，好了，得了，”领爵对他说，“你得睡觉。”他带那个人去了他的房间，把他留在那里。

领爵回来后，我问他：“你觉得他们都死了吗？迪萨克，还有首领？首领的儿子呢？他也在那儿，在帐篷里。”

领爵摇摇头：“我们不知道。”

“如果伊欧拉斯死了，而埃铎尔活着，他就会接掌权力，他会成为统治者。”我说道。

“没错。”

“他会来这儿。”

“为什么是这儿？”

“跟凯德尔来这里的原因一样，因为这里是安苏尔所有一切的中心。”

领爵站在门边，望着外面洒满星光的庭院，一言不发。

“你该去密室，”我说，“你应该留在那儿。”

“聆听神谕吗？”

“在那里才安全。”

“噢，”他带着一点笑意说，“安全……也许我会的。但咱们还是等夜晚过去，看看天亮时会是什么情形。”

然而天还没亮，我从上面的窗子望出去，看见了火光，在我们西南方向，在毁弃的大学建筑附近。火光闪烁不定，暗淡下去，又燃了起来。有许多骚动的声音，遥远街道上的马蹄嗒嗒声、一阵号声，还有模模糊糊的令人不安的声音——许多人的声音。无论议事广场那里发生的灾难是什么，整个城市并没有被吓倒，也没有受到安抚。

黑暗开始呈现出灰色，城市后面的山丘上方的天空渐渐亮了起来，就在这时，奥莱克进来了。跟他在一起的是卡姆曼德家族的苏瑟曼·卡姆，他是领爵一生的挚友，也是个学者，曾经将很多抢救下来的书带到加尔瓦曼德。现在他带来了外面的消息。

“我们听到的只有传闻，苏尔特。”他说。他年纪六十来岁，为人谦恭、谨慎，非常在意自己和其他人的尊严——“彻头彻尾的卡姆家人。”领爵这样说他。即使是现在这个时候，他说起话来仍然字斟句酌。“但我们得到了多个来源的消息。伊欧拉斯首领死了。他的儿子埃铎尔上台了。我们的很多人也死了。南方人迪萨克和我同族的阿尔莫死于大帐的火中。阿尔德人仍然掌控着城市。整个晚上到处都有骚乱，很多地方失火，还有街头打斗。人们趁士兵经过的时候从屋顶上和窗子里朝他们扔石头。但据我们所知，对阿尔德人的攻击没有人领头。攻击行动是随机的、分散的。阿尔德人有军队，而我们没有。”

我想起有人曾经说过这句话，似乎是几天前，或者几个月前。是谁说的来着？

“那就让埃铎尔相信他的军队好了，”领爵说，“我们有整个城市，他们没有。”

“这话充满了勇气。但苏尔特，我担心你，担心你们家。”

“我知道，我的朋友。我知道你就是为这个来的，不惜自己冒着风险。我非常感激。愿我家宅和你家宅的所有神灵与你同在。现在赶紧回家，趁天亮之前！”

他们紧紧地握了握手，苏瑟曼·卡姆沿着来时的路回去了。

领爵前去查看那个逃亡者的情况，那人睡得很死，然后他一如既往地去了后院中庭的小喷泉池洗漱，之后开始做每天的礼拜，也是一如既往。一开始我觉得自己肯定没法静下心来做礼拜了，但不由自由地被吸引。我走到外面，摘下供奉以涅的叶子，放在她的神龛前，并开始巡视所有的神龛，一一洒扫除尘，念诵祷词。

伊丝塔已经起身，在厨房忙着了。她说女孩们还在睡，头天晚上半宿都没睡着。往房子前边走的时候，我听到大内院传来说话声。

歌里站在院子另一头，跟一个女人说话。初升的太阳刚刚照到开阔院子上方的屋顶，空气十分清新，带着夏日的凉意；那两个女人站在墙根下的阴影中，一个穿着白色衣服，另一个穿着灰色衣服，站在繁花绽放的藤蔓下，像画中的人物。一切都像绷紧了弦一样，既紧张，又生动。

我穿过院子朝她们走去。“这位是伊阿巴·阿克塔莫，”歌里对我说，然后对那个女人说道，“这位是梅默·加尔瓦。”

伊阿巴身材小巧轻盈，精致优雅，三十多岁的年纪，眼神锐利。她穿着宫廷奴隶穿的那种浅色的条纹衣服。我们小心翼翼地互相打了招呼。

“伊阿巴给我们带来了宫里的消息。”歌里说。

“蒂莉奥·阿克塔莫派我来的，”那个女人说，“我有伊欧拉斯首领的口信。”

“他死了吗？”

她摇摇头：“他没死，他在袭击和火势中受伤了。他儿子让人将他抬进宫中，告诉士兵们他快死了。我们估计他儿子会宣布死讯。但他没死！祭司把他关进了那里的大牢，跟我的夫人一起。她在那儿陪着他。如果埃铎尔杀了他，她会跟他一起死。

如果军官们知道他还活着，有可能会去救他们。但我没人可以商量——我躲了一晚上，从山路过来的——夫人让我找领爵，告诉领爵他没有死。”她的嗓音平静轻柔，毫无波澜，但我发现她说话的时候人在颤抖，整个身体抖个不停。

“你一定很冷，”我说，“你整个晚上都在外面。到厨房来吧。”

她温顺地跟我走了。

我跟伊丝塔说了那女人的名字，伊丝塔打量了她一番说道：“你是贝纳姆的女儿。我去过你妈妈的婚礼。你妈妈和我是朋友。我记得你小时候一直最得蒂莉奥夫人的欢心。坐下，坐下，我马上弄点热的来。哎呀，你的衣服全湿了！梅默！带这个姑娘去我房间，给她找一套干衣服！”

我带她换衣服的时候，歌里跑到后面，把伊阿巴带来的消息告诉了领爵和奥莱克；我不久也到他们那边去了，伊阿巴则受到了很好的照料。我带了一篮子面包和奶酪，因为我肚子饿了，估计其他人也一样。我们坐下来边吃边聊——伊阿巴传来的消息意味着什么？我们能做什么？“我们需要知道确切的情形！”领爵懊恼地说。奥莱克说道：“我去打探一下。”

“你可不能在街上露脸，”歌里凶巴巴地说，“所有人都认识你！我去。”

“他们也认识你。”他说道。

“没人认识我。”我说。我咽下最后一口面包和奶酪，站起身来。

“在这个城里，大家彼此都认识。”奥莱克说，这话倒也没错。但我即使被人认出来是曾经为加尔瓦曼德采买东西的混血小男孩或小姑娘，也没有太大的危险，对阿尔德士兵来说，我根本无足轻重。

“梅默，你该留在这儿。”领爵说。

要是他命令我留下，我会遵从，但他这句话更多的是反对，并非命令，反正我是这么觉得的。“我会小心的，我一小时就回来。”我说道。我已经换上了男装，这会儿把头发放下来，扎在脑后，往外走去，从北边院子出了门。歌里跟着我，抱了我一下。“小心点儿，小狮子。”她低语道。

12

我朝马厩那边看了看。古迪特骑着布兰提在院子里转圈，皱着眉头。他朝我点点头。他已经准备好了叉子和其他工具，可以拿来当武器。他会宁死保卫马厩，保护马儿们，保卫加尔瓦曼德。我穿过前院，身形还笼罩在房子和山丘的阴影下，突然呼吸一滞，我仿佛看到那个老人，光着头，驼着背，拿着他的叉子，正对一支手持长矛、刀剑出鞘的骑兵，我看见他被砍倒在地，看着他死去。像古代那些英雄一样。像苏尔的战士一样。

我越过北运河桥，面前和身后的加尔瓦街都空空荡荡。整个城市似乎一片寂静。我的呼吸再一次停滞了：这是死亡的寂静吗，尽管早晨的阳光一派灿烂景象，树上的花朵绽放散发着幽香？城里的人呢？

我转了个方向，穿过盖尔布曼德后面的路，越过老街，往海港市集那边走。我不敢往议事山那边去。我已经走到市集附近，但整个城市的静寂依然令我心惊，这时我听到不远处传来喊叫声，朝着议事大道的方向去了，之后是一阵阵刺耳的阿尔德战鼓声。我回头往西街跑，在露天里，反正周围一个人也没有，直到我回到了盖尔布街。几名阿尔德骑兵沿街而行，跟古迪特之前描述的一样，他们缓缓驰行，刀剑出鞘，高喊："街上不得留人！进屋里去！"

我躲在一座破败的恩弩神庙后，他们没看到我。他们继续往前走了，很快我就听到大路上传来马蹄声和远去的呼喝声，过了山脚市集。我抚着神庙基石，念了祷词，继续沿着房子之间的小路回加尔瓦曼德。我本来是想混进人群中，打听一下出了什么事，但外面根本没人。只有士兵。这就是我打听到的消息，而且是很沉重的消息。

歌里和曦塔在加尔瓦曼德的前门等我。有四个男人之前来到了屋子后边，歌里说，全是领爵认识的，他们都参加了迪萨克的谋划。昨天他们本来跟一支队伍驻扎在东运河那边，等到大帐失火就向议事厅大院里的阿尔德人发起攻击。然而还没到计划好的时间，火就烧起来了，他们的人还没齐。阿尔德士兵非常迅速地集合防御，很快就发起了攻击。叛军被击散，人们逃跑时纷纷被砍倒。他们分散到了全城各处。这四个男人昨天夜里先是藏在大学废墟里，后来零零星星地攻击阿尔德军队。他们来到加尔瓦曼德，因为全城都在传言，只要是想为安苏尔而战的人都应当来这儿，来领爵家，神谕院。

“来这里躲风头吗？还是表明立场？”我问歌里。

“我不知道。他们也不知道。”她说，“瞧。”

七八个人绕过西街的街角，朝我们跑来。他们是本地人，不是阿尔德人。其中一个人的胳膊打着绷带。这帮人都是一脸急切的样子。我走了出去，站在台阶上，迎着他们。“你们是来这儿的吗？”我高声说。

“阿尔德人朝这边来了。”领头的人答道。他在神龛石那里停下脚步，触碰了一下：“愿这家的灵魂受到护佑，活着的人和曾经活过的人。议事院的士兵——他们很快就到，我们听人说的。告诉领爵锁上大门！”

“我估计他不会，”我说，“你们会帮忙抵御吗？”

“我们就是为这个来的。”他说。其他人也走上来触碰了神龛石。其中一个人说：“狮子在那儿呢，看。”

“你们要进来吗？”我说。

“不，我觉得我们还是留在这里等他们。”领头的人说。他脸色黝黑；他的束发带掉了，黑色的长头发散乱着，显得他十分粗野，但他说话一派平静。“还会有其他人来。不过你们要是有水的话……”他疲惫地看着破败干涸的喷泉池子。

“绕到侧面去，那边，去马厩，”我说，“那里有流水。叫古迪特让你们进去。”

“我认识古迪特，”其中一个男人说，“他是我父亲的朋友。走吧。”他们绕去了马厩那边。街上已经有另一群人从另外一个方向的下街那边过来了，他们人数更多，有二十来个，其中一些人带着开刃的武器，有一个人手里拿着一把阿尔德人的匕首。我们也迎接了他们，这群人同样口渴难耐，有个人说他们头天晚上可是热火朝天，于是我们也让他们去马厩喝点水。

至少古迪特不会独自一个人拿着叉子站在那里，像我想象的那样。

我跑进房子里，告诉领爵我已经安全地回来了，并向他报告整个城市似乎都空空荡荡，但加尔瓦曼德的前院这会儿已经有点人满为患，还有传言说阿尔德士兵正往这儿来。

来这里的所有人都确认了阿尔德士兵的消息。不断有人过来，每一拨的人数不多，有的是跟迪萨克一起谋划的人，也有的是议事广场的行动失败之后加入他们的。他们都说，迪萨克和首领两人都死于大火了。一些人说，广场上有几百名士兵被杀了，也有人说，死的几乎都是平民，阿尔德人还是一如既往的强大。

随着时间渐渐过去，来到加尔瓦曼德的人里面出现了越来越多的女人，她们成群结队，有的人手里拿着女红活儿，少数人带着手拿弹弓的孩子。有一群是五个老妇人，全都拄着棍子，在神情阴郁地东张西望。有四个人停下来触碰神龛石；另外那个有关节炎，弯不下腰，只是用棍子在神龛石上面拂了一下，嘴里短促地咕哝了一句祷词，听起来更像是咒骂。

我站在门口台阶最高处，觉得这番情形像市集一样，或是朗诵会，又像是节庆——当年的神圣庆典，我从来没见过的那种——城里的人们聚在一起，谈天说地，无所事事，等待着，满怀兴奋而又充满耐心……但如果是参加节庆，他们本来会穿得更好些。他们会带着花束，而不是刀剑、匕首、修枝镰、棍子。

两个带着十字弓的男人一边一个站在了门口。

从加尔瓦街南边传来一阵巨响，就是议事院的方向：喇叭和号角轰鸣，鼓声隆隆，还有突然响起的人声。这声响持续了一阵子，停歇了一会儿，又响了起来。

一个七八岁的小男孩从街上跑了下来，他两脚如飞，头发飘在空中。“是新首领！”他叫道，“他带着所有的士兵！还有红帽子在讲话！”

大家全都围着他。一个男人将他驮在肩上，他大声传达了自己听到的消息，那细声细气的童音令这消息听起来显得格外诡异：“伊欧拉斯首领死了，埃铎尔首领在位！所有人向太阳之子、阿忒斯之剑、埃铎尔大人致敬，他将征服阿忒斯的敌人、摧毁安苏尔的恶魔！”

如同回声一般，远远的街上，喇叭和号角再次轰鸣，人声狂吼，鼓声嘭嘭响起。

加尔瓦曼德周围的人群发出一阵哀叹。人们不安地骚动。我看到一些人攀过矮墙，躲进了街对面荒废的园子，免得受到伤害。

我转过身，再次跑进房子里，穿过院子和走廊，跑到老房间里，奥莱克和领爵在那里站着，跟珀尔·阿克塔莫和阿克塔莫家族的另外一些人说话。他们转身对着我。我说：“奥莱克，也许你可以来跟大家说说。”

他们都瞪着我。

“新首领带着军队往这边来了，”我说，“大家不知道该怎么办。”

“你该出去。”领爵对奥莱克说——意思不是让他出去面对大家，而是去山里，让他逃走。“现在就走。”

“不，不。”奥莱克说。他把手放在领爵的胳膊上。

他们不言不动地就这么待着，然后领爵转过了身。

“一切都会过去，”他带着极度的绝望和悲痛高声说，“毁掉的书籍，死去的作书人。”他用残破的手掩住了脸。

我们都沉默地站着，因为那一声高喊而心神俱碎。

领爵终于抬起了头。他看着我。

“你会跟我来吗，梅默？我能不能至少救下你？”

我说不出话来，但我也做不到跟着他。

他看出来了。他走上前来，亲吻我的额头，祝福了我。然后他离开了，步子跛得厉害，往房子后面的密室那里走去。

“他会安全吗？”奥莱克问我。

“会的。”我说。

现在，即使是在加尔瓦曼德的围墙之内，我们也能听到鼓点声了。

我们没再说什么，全都穿过大院子和高廊，向前门走去，歌里和曦塔站在那里，像一座女人与狮子的雕像。

我走到歌里身边，抱住了她，因为我必须得抱住什么人。我让我敬爱的大人走了，我没有拥抱他，让他独自离开，得以安全藏身，得以活下去，不至于再次受到伤害。但我得找个人来抱一抱。

歌里张开双臂搂住了我。我们站在大门口。珀尔·阿克塔莫和其他人都出来了。但奥莱克还落在后面，在我们身后。他知道，如果他走到台阶上，人群看到了他，他就必须有所行动，必须得说点什么，而他还没有做好准备。时机未到。

人群不断涌来，仍在涌进街道和对面的园子，是安苏尔的人们，越来越多。我几乎已经看不到前院地面灰黑相间的迷阵。整个院子里满是人，我这辈子都没见过这样热闹鲜活的景象。人群越聚越多。我极目望去，加尔瓦街的南北两端现在也挤得满满当当。

号声又响起来了，那声响令人心神战栗，鼓声越来越近。

我们南面街道上的人群大大地骚动起来，就像运河上的浪涌，推开前面的一切。人们高喊大叫，攀上路沿和墙头，躲开驱使着他们的那股力量，他们被推到街面以外，推向两边。骑着马的阿尔德卫兵，他们的弯刀在空中挥舞，马匹抬起前腿，马蹄乱蹬乱踹。他们直直地穿过街上的人群，停在加尔瓦曼德门前，有五十几个人的一支骑兵小队。这些骑兵中间护卫着八到十个红衣红帽的祭司，而祭司们簇拥着一个男人，他戴着阿尔德贵族的宽大尖顶帽子，披着金光闪闪的斗篷。

在这支行进的军队后面，许多人仍然慌不择路地想躲开，有的人则极力想扶起那些被撞倒或踩踏的人。人群不知所措，满怀恐惧。但我极目望去，街上能看到的地方全是安苏尔的人。即使骑兵队后面还跟着更多的士兵，他们也没能穿过人群。

前院的骑兵队周围形成了一圈空地，就像最初那天早上在市集上，歌里和曦塔身边空出来的地方那样，但范围大多了。在喷着响鼻、烦躁不安的马儿转成的圈子里，我能看到步道上的迷宫图案。

那群红帽祭司驱马上前，来到房子的台阶处，身披金色斗篷的男人策马而出。那是首领的儿子埃铎尔，那个身材高大的英俊男人。他身上的斗篷闪闪发光，像刺目的阳光。他踩着马镫站起来，手中的剑高高举起。他高声说了些什么，但在他手下士兵的呼喊和人群发出的古怪的尖叫狂吼之下，我听不清楚他的话。

然后，突然之间，周围所有的声音都平息了，只有更远处的人群还在骚动，那边看不到这里的情形。

我看到的，还有士兵们和周围的人群，以及埃铎尔所看到的，是歌里。她走出了大门，身边是没有戴上颈圈的曦塔。女人和狮子缓步上前，走下宽宽的台阶，朝着埃铎尔走去。

而他往后退去。

也许他控制不住胯下马儿的怯意，也许是他拉了拉缰绳：那匹白马和马上穿着金色斗篷、让人觉得刺眼的骑手后退了一步，然后又退了一步。

歌里静静地站着，狮子也一动不动地站在她身边，低声咆哮。

“你不能进这所房子。”歌里说。

埃铎尔沉默不语。

一阵轻柔、带着奚落的低语开始在人群中传播。

远处的街上传来号角声。这声音打破了僵局。埃铎尔的马又退后了一点，然后站住了。埃铎尔站在马镫上，用雄浑的声音高喊："伊欧拉斯首领已死，被叛徒奸人杀害！我，他的继承人埃铎尔，安苏尔之首领，誓要报仇。我宣布这所房子受到诅咒。它将被摧毁，此处的石墙将会倒塌，所有恶魔都将随之消散。邪魔之口将受遏阻，再不能发声。唯一真神将统治安苏尔！神明与我们同在！神明与我们同在！神明与我们同在！"

士兵们跟着他一起高喊最后的几句。但随后，他们的喊声逐渐零落，另一个声音响了起来，那是一句低语，在人群中不断传播扩散："瞧！瞧！看那泉水！"

我仍站在大门口，身边是守卫加尔瓦曼德大门的弓弩手，他们的弓弩都已上弦，瞄准埃铎尔。一个男人走到我身边站定。我以为是奥莱克，那会儿我还不知道那是谁，那个人个子很高，伸出手直直地指着神谕泉。泉池的喷水口已经破败，刚好在卫兵围成的圈子里面。

就在那个时候，我看到了他。我终于看到了他曾经的样子，看到我一直在内心深处描摹的他的样子：身形高挑笔直，风姿优美，微笑着，眼中带着火一般的激情。我顺着他手指的方向看去，看到了下面的人看见的景象——一股细细的水流涌了出来，闪着光芒。水流在空中停留了一会儿，然后落下，在干涸的泉池中溅起银光。它沉落下去后，再度跃起，比先前更高、力度更大，流水的声音在空中回响。

“泉水，”人们叫道，“神谕泉！”人群向前涌动，推挤着阿尔德骑兵，大家都想看得更清楚些，或是触到泉水。一名军官高声下令，骑兵们掉转马头，冲着人群。但他们排得紧紧的队伍已经被打乱，那名军官的声音也淹没在一阵新的骚动声响中。

领爵将手放在我肩上说：“跟我来，梅默。”

歌里和曦塔退到旁边，站在喷泉上方的台阶上。我跟着领爵，走到最上面的宽阔台阶处，他停下脚步，开了口。

“米德隆的埃铎尔，伊欧拉斯之子，”领爵说。他的声音与奥莱克的很像，它在空中回响，让人不由自主地倾听，全心沉浸其中，人群全都静静地站着——“你说谎。你的父亲还活着。你把他关起来，以诡诈行径攫取他的权力。你背叛了你的父亲，背叛了忠实侍奉你的士兵，你背叛了你的神明。阿忒斯不会与你同在。他唾弃叛徒。这所房子也不会倒塌。这里是神泉之苑，泉水之神护佑着它，以他的清泉赐福于它。这里是神谕院，在这所房子里的书籍之上，你的命运和我们的命运都书写已定！”

他左手拿着一本小小的书，这会儿他将书高高举起，大步走下台阶。他毫无跛态，步子轻盈迅捷。我走在他身边。我们经过曦塔的时候，我看见它张开大嘴，好像大笑一般。离步道还有几步台阶时，我们停了下来，刚好跟马上的埃铎尔面对面，他的马显得很不安。领爵举起书，在埃铎尔的面前打开。我看得出来，这个身披闪亮斗篷的男人在极力控制自己，不让自己躲开。

“你会读吗，伊欧拉斯之子？不会？那你就听着吧！”

接着，我耳中响起一个声音。我没法确切地描述自己听到的是什么，那天上午在场的人也没人说得出来，但我觉得那好像是一个声音在高喊，一个古怪的高声，在我们周围响起，在泉水跳跃的前院，在加尔瓦曼德的墙壁上回荡。有人说，出声的就是那本书，我也觉得是这样。也有人说是我，那是我的声音。我知道自己并没有读出那本书上的字——我根本看不见书页。

我不知道喊出来的是谁的声音，我不知道那不是我。

我听到的声音是：放他们自由！

但其他人却听到了别的话。也有人只听见人群一片死寂之中，泉水溅落的声音。

埃铎尔听到了什么，我不知道。

他浑身战栗着想远离那本书，伏在马鞍上，耸起肩膀，似乎在抵抗某个抽打他的东西。他的手肯定是抓紧了缰绳，想要催马上前，或是拉着它后退，但奇怪的是，那匹马却人立而起，跳跃着将他掀了下去。那个身穿金色衣衫、亮闪闪的身影抽搐着，脚下不稳，踉踉跄跄，而尖叫嘶鸣的马儿不断后退，半拖着他。我们站在台阶上一动不动；歌里和曦塔已经走过来站在我们身边，奥莱克也来了。

祭司们围拢在埃铎尔身旁，一些人试图从马上帮他，还有人直接下了马。在这一片混乱之中，领爵的声音十分清晰："阿苏达尔的子民，伊欧拉斯首领的士兵们，你们的主上被关在王宫。你们要去解救他吗？"

接着响起的是奥莱克的声音："安苏尔的人民！我们是不是应当确保正义伸张？我们是不是应该去解救被囚之人和奴隶？我们要不要将自由握在自己手中？"

这番话激起了一阵狂热的呼声，人群开始沿着街道涌向议事厅的方向。"勒罗！勒罗！勒罗！"——低沉的口号在他们中间响彻。他们从骑兵旁边汹涌而过，就像大海的浪涌绕过礁石。那名军官高声下令，号角吹出短促的指令，骑兵们有的一起行动，有的落在后面，但全都随着人群而去，夹杂在人群中，沿着加尔瓦街朝议事厅去了。

红帽祭司们已经让埃铎尔重新上了马。他们彼此大叫着，跟上了人群。之前护卫他们的士兵没有一个等着他们。

奥莱克跟歌里说了几句话，现在又跟珀尔·阿克塔莫和先前过来跟我和领爵一起站在台阶上的那群人在一块儿了。"快去，跟着他们！"领爵急切地说，奥莱克和其他人也跟在埃铎尔和祭司后面走了。

并不是所有人都加入了加尔瓦街上浩浩荡荡前往王宫的队伍。还有人留在街上和前院，其中有很多是妇女和老人。他们似乎都被高高喷涌的泉水吸引，同时也充满敬畏，另外还有那个跛行的男人，这会儿他一瘸一拐地走下台阶，走到泉池那里，局促地坐在宽宽的池沿。

他还是我一直以来所知的样子，并非身形挺拔高大，而是弯腰跛脚，但不管什么时候，他都是我最爱的领爵。

他抬起头，看着跳动飞溅的水流映着房子阴影之上的清晨阳光。他的脸闪着光，不知道是水还是泪。他探身将手放在水面上，宽阔的石盆里，水还在上涨。我是跟着他走过来的，站在他身边。他喃喃地念诵给勒罗和泉水之神的祷词，一遍又一遍。人们颇有些胆怯地聚集在泉池边沿，他们也触碰了泉水，抬头看着被阳光照亮的泉流，向安苏尔的神明祈祷。

歌里走到我身边，这会儿她用一条短绳套牵着曦塔，不时将手放在曦塔头上。狮子还在咆哮、打哈欠，依然兴奋不已，被周围的声音和人群吸引。我看出歌里为什么没有试图跟着奥莱克，但我知道她一定很想去。我说：“歌里，我可以在这儿看着曦塔。”

“你应该去。”她说。

我摇摇头。“我留在这儿。”我说道。说这话时，我是真心诚意，而且是充满喜悦地笑着说的。

我抬头看看从青铜圆筒中喷出的水柱，它喷出很高，顶端形成了一朵巨大的明亮的花朵。水柱溅落时的声音如同银铃，十分美妙。我坐在泉池宽阔的绿色边沿，照着领爵的样子行事：我将手放在水流上，然后伸进去，让水溅落在我的脸上。我向我的家宅和城市的神明、幽灵和精灵感恩、祝祷。

古迪特从院子角落那边绕过来。他拿着一柄叉子。他停下脚步，环顾零散的、安静的人们。

“这么说，那些人走了？”

“去了王宫——议事厅。”歌里大声回答。

“合情合理。”老人说道。他转过身，迈着沉重的步子往马厩那边走；然后他又转了回来，瞪着喷泉。

“仁慈的恩弩，”最后他说道，“它又流出水来了！”他搓搓脸颊，又目不转睛地看了一会儿，才回去照料他的马。

13

我知道那天在议事厅发生了什么，因为奥莱克和珀尔·阿克塔莫后来告诉我们了。那一队祭司簇拥着埃铎尔，强行穿过加尔瓦街上的人群。奥莱克和珀尔设法直接跟在他们后面。他们到达议事广场时，守卫的士兵高喊：“给埃铎尔首领让路！”并为祭司队伍开路。埃铎尔和那群红帽祭司趁着人群逐渐稀疏，直接策马而过，加快了速度。奥莱克以为他们会前往伊士玛桥，逃出城去，但他们绕到了议事厅的后面，去了阿尔德军营上方的另一侧入口。后院有一堵高四英尺的石墙，有士兵守卫。埃铎尔高声下令，守卫打开了大门，那群祭司疾驰而入。

但大批市民也跟随而来，他们与奥莱克和珀尔一起，跟着祭司们过了入口，来到广场上。市民挤进打开的大门，成群结队地翻过围墙，他们遭到士兵的攻击，也对士兵群起攻之。埃铎尔和那群红帽祭司突破了这一片混乱，跳下马，直接朝议事厅的后门走去。奥莱克和珀尔紧跟其后，穿过了混乱的人群——就像彗星的尾巴一样，奥莱克说。

他们还没回过神，就已经到了议事厅的里面，仍然跟着埃铎尔和祭司们，那群人全神贯注地赶往他们要去的地方，竟然没注意身后跟随的人。一行人跑过高高的走廊，下了一段楼梯。楼梯底下是一条地下通道，光线昏暗，只在墙上很高的位置、与地面平齐的地方开了小窗。这条走廊的尽头是一间宽大但较为低矮的守卫室，祭司们和埃铎尔在那里停下来，高声下令——朝那里驻扎的卫兵，也可能是朝从广场上来的另一队人马？奥莱克说，有那么一会儿就只听见高声大喊的声音，场面一片混乱，阿尔德人彼此狂吼乱叫。他和珀尔之前藏在后面，这个时候他们小心翼翼地走到门口。

红帽祭司和一群士兵对峙着，军官们要求面见伊欧拉斯首领，祭司说："首领已死！你们不能玷污哀悼仪典！"祭司们背对着一扇门，寸步不让。他们中间几乎看不到埃铎尔的身影。他已经将金色的帽子和斗篷扔掉了。一名祭司走向军官们，头戴高顶红帽、身穿红色长袍，显得令人生畏，他举起双手，高声说如果士兵们不散去，他会以阿忒斯之名诅咒这些人。士兵们在他面前退却了，一副畏畏缩缩的样子。

说时迟，那时快，奥莱克直直地走向那名祭司，高声喊道："伊欧拉斯还活着！他就在那间屋子里！神谕已经有所指示！祭司们，打开监狱的门！"珀尔说他是这么说的。奥莱克只记得喊着说伊欧拉斯没死，然后军官们都叫起来："开门！开门！"接下来，他对我们说，"我闪身退了出来"，因为双方开始刀来剑往，士兵们攻击守在门口的祭司，将他们赶走，一直赶到更远的走廊那边。一名军官冲上前去，拔掉门闩，一把拉开了门。

里面的房间漆黑一片，没有点灯。借着门口灯笼的微光，一个幽灵似的白色身影从黑暗中闪现。

她穿着阿尔德奴隶那种条纹袍子。袍子已经破烂不堪，满是污渍和血迹。她满脸瘀青，一只眼睛肿得睁不开，头皮上都是已经成团的黑色血块，因为她的头发被人一把一把地扯掉了。她手里抓着一根断了的棍子站在那里，奥莱克说，就像一道烛火，发出光芒，微微颤抖。

然后她看见了站在奥莱克身边的人——珀尔·阿克塔莫，她的脸色慢慢地变了。"表兄。"她说道。

"蒂莉奥夫人，"珀尔说，"我们到这儿来是为了解救伊欧拉斯首领的。"

"那就进来吧。"她说。奥莱克说，她说话时十分温柔有礼，好像在家中接待宾客。

走廊里的打斗声越发激烈，随后平息下来。一名士兵从守卫室拿进来一盏灯笼，军官们走进监室，周遭光影闪动。珀尔和奥莱克跟在他们后面。监室面积很大，但十分低矮，泥土地面，有种难闻的、潮湿厚重的气味。伊欧拉斯躺在一个长长的东西上面，也不知道是柜子还是台子，他的手臂和双腿都被铁链锁着。他的头发和衣服都黑乎乎的，被烧得破破烂烂，腿脚烧伤的地方流着血，有的结了痂。他抬起头，用粗粝嘶哑的声音说："放开我！"

军官们忙乱地给他解开铁链，这时他看到奥莱克，不禁瞪大了双眼："作书人！你怎么会在这里？"

"跟着你儿子来的。"奥莱克说。

听到这话，伊欧拉斯扫视了一圈，用被烟熏坏了的嗓子嘶吼道："他在哪儿？他在哪儿呢？"

奥莱克、珀尔和军官们环顾四周，跑回到守卫室那边。四名祭司被士兵们抓住了。其余的人都跑了，埃铎尔也在逃跑的人之列。

"首领大人，"其中一名军官说，"我们会找到他。但现在——您能否向军队露个面，大人——他们以为您死了——"

"那就赶紧！"伊欧拉斯咆哮道。

他们刚刚解开他的手臂，他就探身抓住了沉默不语地站在他旁边那个女人的手。

他们解开了他腿上的铁链，他想站起来，但烧伤的脚让他站不住。他骂声连连，猛地坐了回去，依然紧紧抓着蒂莉奥·阿克塔莫的手。军官们围过来，用一张椅子将他抬起。“带上她。”他不耐烦地打着手势说，“还有他们！”他指指奥莱克和珀尔。

于是这群人一起走上台阶，来到环绕议事厅的高廊，并沿着高廊穿过前厅，走到大楼的前面。他们来到了门廊的柱子底下，在可以放眼望到议事广场的演讲平台上，炽烈的阳光照在他们身上。

整个广场全是人，每个入口都还有更多的人在往里挤，奥莱克说他从来没见过这么多人，平民比阿尔德军队多出几千之众。

埃铎尔之前策马经过了议事大道的入口，却没有给出任何指示，看到他们以为的新主上、新将军的这番行事，大惑不解的士兵们想起了伊欧拉斯首领未死的传言。混乱之中，效忠不同对象的士兵开始彼此攻击，称对方背叛了伊欧拉斯，或是背叛了埃铎尔，列队的阵形被打破了。市民已经冲进广场，拿着能找到的武器。在真正的战斗开始前，军官们意识到自己寡不敌众，迅速集合了士兵，将他们带出了人群。现在，大多数阿尔德人都站在议事厅的台阶以及前面的步道上。他们身披蓝色斗篷，形成坚实的半圆阵形，对着安苏尔的人群，他们的剑已经出鞘，没有直接威胁要攻击，但也丝毫不退让。

激昂骚动的人群保持着距离，最前面的那一排与阿尔德士兵之间留下了参差不齐的无人地带。

“有股难闻的焦味儿，”奥莱克对我们说，“很恶心——连气都喘不上来。空气中到处都是悬浮着的细细的黑色灰烬，那些灰烬在人群的践踏之下扬到空中。我还看到推推挤挤的人群中有个怪怪的东西突出来，看着像失事船只的船头。最后我才明白，那是大帐篷框架的一部分，上面还连着烧焦的帆布。人海中有些像旋涡一样的地方，人们冲进广场的时候被杀了，或是受了伤，倒在那里，有的人还在越过他们拼命往前挤，也有人停下来保护倒地的人。还有那声音，我都不知道人类能发出那样的声音，太吓人了，时刻不停，是一种巨大的咆哮声……”

伊欧拉斯觉得自己没办法走上前面对这样的乌合之众，他看起来很慌乱。跟他一起的军官显然也心怀恐惧、不知所措，但他们坚定地抬着首领往前走，边走边高喊：“伊欧拉斯首领！他还活着！”

底下的士兵转身望着上面，认出了他，也开始大叫：“他还活着！”

伊欧拉斯一直暴躁地朝抬着他的人说：“把我放下！”他们终于听从了。他一只手紧紧抓着其中一个人的胳膊，另一只手抓住蒂莉奥的肩膀。他用尽力气，往前走了一步，痛得脸都扭曲了，站在那里面朝着人群。有那么一会儿，士兵们致敬的呼喊声压过了底下人群的呼号，但很快，那种可怕的声音又越来越响，淹没了“他还活着”的喊声，代之以：“暴君去死！阿尔德人去死！”

伊欧拉斯抬起手——这个衣衫破烂、遍体烧伤、摇摇欲坠的身躯蕴含着极大的权威——人群静了下来。他开口了——“阿苏达尔的士兵们，安苏尔的市民们！”

但他的嗓子被烟熏坏了，话音传不了多远，下面的人听不到他的话。其中一名军官上前，但伊欧拉斯命令他退后。“他，他！”他一边说，一边打着手势让奥莱克上前，“他们会听他的！跟他们说，作书人。让他们安静。”

这个时候，人群看见了奥莱克，一阵口号声响了起来。他们喊道：“勒罗！勒罗！”还有“自由！”。

骚乱之中，奥莱克对伊欧拉斯说：“要我向他们讲话，我就得为他们说话。”

首领不耐烦地点点头。

于是奥莱克举起手，示意人群安静，仿佛闷雷滚过，巨大的人群发出交头接耳的嗡嗡声，逐渐归于寂静。

他跟我们说，说完上一句，下一句要说什么，他压根儿一点头绪也没有，也想不起来自己说了些什么。其他人倒是记得很清楚，后来还写了下来：“安苏尔的人民，我们已经看到干涸的泉水重新流动。我们已听到沉默的声音再度发声。神谕下令给我们自由，而今天我们也已经做到。我们解救了主人，也解救了奴隶。让阿苏达尔的人知道，他们没有奴隶可以驱使，让安苏尔的人民知道，他们没有主人需要侍奉。让阿尔德人保持和平，安苏尔也会和平以待。让他们寻求联盟，而我们会同意联盟。有请蒂莉奥·阿克塔莫讲话！身为安苏尔的公民，又是伊欧拉斯首领的夫人，她是这种和平与联盟活生生的见证！”

即使首领心里惊涛骇浪，他伤痕遍布、乌黑的脸上也丝毫未显；他站在那里，除了保持站立的姿态也无力做更多的事情，在蒂利奥说话时，他一直倚着她。她的声音清晰、勇敢，但又非常脆弱，广场上的人群都沉默下来，听她讲话，但附近的街道还是持续传来嘶哑的骚乱之声。

“愿安苏尔的神明再度得到祝福，他们会赐予我们和平，”她说，“这是我们的城市。让我们合法地拥有它，一如既往，让我们再一次成为自由的人民。幸运之神和勒罗，还有我们所有的神明，与我们同在！”

她的话音刚落，人群中就响起了“勒罗！勒罗”的低沉呼号之声。然后，一个男人越众而出，喊道：“还我们的城市！还我们的议事厅！”

当时在场的人说，那是最最危险的时刻：如果人群凭借无法抗拒的力量直接向前推进，占领议事厅，与一直站在原地的阿尔德军队遭遇，两边肯定会打起来，而阿尔德士兵会战斗到死。伊欧拉斯阻止了屠杀的场面，他厉声向军官下令，军官们扯着嗓子高喊，通过号角将命令传达下去，集合了士兵，迅速将所有士兵从议事厅的台阶上转移到东面的区域，为狂暴的人群清空了台阶，人们已经开始涌上台阶，冲进大楼里。奥莱克说，正是士兵的纪律拯救了他们，也拯救了成千上万的市民，如果当时发生战斗，他们都会死。首领的命令是：“放下武器。”在那之后，没有一名士兵举起剑，即使他们被狂乱、抱着复仇心理的平民推搡挤撞。

为了避开汹涌的人流，奥莱克和珀尔跟那群军官待在一起，那些人再次用椅子抬起伊欧拉斯，带着他跑到平台东头，下了侧面的台阶，与重新集结的军队会合。蒂莉奥、珀尔和奥莱克跟着他们。有人为首领取来一副担架。他们安顿好伊欧拉斯，后者马上就把奥莱克叫了过去。

“说得很好，作书人，”他说，声音很低，还严肃地敬了个礼，“但我没有权力与安苏尔缔结盟约。”

“最好是能争取实现，大人。”蒂莉奥用清脆的嗓音说。

年迈的首领抬头看向她。他显然是第一次清楚地看到她脸上的瘀青、肿胀的眼睛、被扯掉的头发，还有结着血痂的头皮。他坐起来，瞪着眼睛，用气声咆哮着："该死的——该死的叛徒——他要遭到阿忒斯的诅咒！他在哪里？"

军官们面面相觑。

"把他找出来！"首领呼哧带喘地说着，咳了起来。

担架旁边的蒂莉奥·阿克塔莫弯下腰，握住他的手。"伊欧拉斯，你得安静一会儿。"她说。

他边咳边笑起来，紧紧握着她的手。他抬头看着奥莱克，说道："你算是给我们证婚了，是吧？"

* * *

感觉好像过了很长时间，奥莱克才回到加尔瓦曼德，但其实才刚到下午而已，那一天已经让人觉得度日如年了。

在我的极力要求下，领爵进屋吃了点东西，稍微休息了一会儿，但随后又回到前面的会客厅，我们管那里叫高廊。我长这么大，那儿从来没人用过，也没有家具陈设。现在，这儿的大门，也是加尔瓦曼德宽阔的前门，大大地敞开着。他让人拿来椅子和凳子，有很多人心甘情愿地帮忙，不光从其他房间里搬来了椅凳，连附近房子里的也搬来了。他坐在那里，不管谁来都招呼接待。

人们也不断地前来，成群结队。他们来看看神谕泉涌出的情景，也是为了听之前在场的人说一说，神谕是怎么宣示的，说了些什么。正是那个时候，我才第一次意识到，大家听到的都不一样，或者那些内容在传话的过程中变了又变，已经面目全非。人们来见领爵，解读者加尔瓦，问候他，向他请教。很多人是做工的，还有人是或者以前是商人、治安官、城里各区域的长官以及议事会的成员。他们都穷困潦倒，因为我们所有人都一样，从衣着上，鞋匠和船主根本分不出来。一些做工的人进来只是为了赞颂家神，向神谕的解读者致敬，他们充满敬畏，也满怀欢欣，说完就走，但也有一些人停留的时间更长，跟官员、议事员、商人们，还有大家族的成员一起，坐在那里谈论发生的事情，就能做什么、该做什么大发议论。就这样，我第一次见识了什么叫公民，也见识了什么叫领爵。

我留在他身边听候差遣，也因为他叫我留在那儿。我觉得很不自在，人们都一脸敬畏地看着我。有的人还向我做出敬拜的姿势。我觉得这样大错特错，也愚不可及，不知道跟人说什么。不过他们可以跟领爵说话。我也很幸运，时不时地得去厨房帮伊丝塔干活儿，她又是兴奋，又是焦虑，简直快疯了。这所房子终于又宾客盈门——“跟以前那会儿一样！”她说了一遍又一遍。“那些好时候！”——但她拿不出东西招待客人。“我连茶水都没法给他们送！”她说着，眼里涌起愤怒的泪花，“没有那么多杯子！”

“可以借啊。”博米说。

“不，不行。”伊丝塔一听就觉得火大。但我说：“有什么不行的？”于是博米就冲出去找邻居借杯子去了。我回到会客厅，跟苏瑟曼·卡姆的妻子恩弩洛·卡姆说了说。苏瑟曼·卡姆以前夜里来过——一年前！——这会儿带着妻子和儿子回来，坐着跟领爵和其他人谈话。我告诉她我们需要什么，很快，卡姆曼德的几个男孩就送来五十只沉甸甸的高脚玻璃杯，照吩咐的告诉伊丝塔：“这是我们家给神明眷顾的神谕泉家族的礼物。”对这番话，伊丝塔总不能觉得受到冒犯了，但她还是皱着眉头。之后她就把博米和索丝塔支使得团团转，让她们给每个客人端水，还要赶快把杯子拿回来洗干净。当然，她还想招待大家吃点东西，但我估计这个没法求人帮忙。我跟她说大家来这儿是谈话的，不是吃东西的。她又皱着眉头，咬着嘴唇，转身走了。那时我意识到，我是给她下了个指令，而她接受了。

我走到她身边，双手抱住她。她有很多年没有亲切地拍拍我了，不过她从来也不是那种没事亲亲抱抱的人。“干妈，”我说，“别发愁！开开心心地跟我们家里的精灵幽魂一起吧。客人什么也不需要，只要神谕泉的水就够了。”

“啊，梅默！我都不知道该怎么想！”她说着，挣脱了我，窘迫地在我肩膀上拍了一下。

那一天，我们没人知道该怎么想。

奥莱克终于回来时，就像一颗彗星，彗尾不是他：一群人从议事广场一直跟着他。他是整个城市的英雄。他停在神谕泉旁边，仰望着无尽喷涌的银色水流，带着极其开怀的神色，我已经在太多人的脸上看到这种神色。歌里走到那边迎接他。曦塔被关在院长室了。（歌里告诉我，曦塔在那里生闷气，把可怜的脏兮兮的旧地毯撕得一条条的。）奥莱克和歌里彼此拥抱了很久，才走上台阶，进了会客厅。

所有人都挤在他们后面。跟领爵打了招呼后，奥莱克不得不讲了上午在议事厅的整个情形，就是我上面写到的。之前在加尔瓦曼德和广场之间跑腿传递消息的人已经告诉了我们其中一些事情，但追着埃铎尔和祭司们去了监室，还有伊欧拉斯和蒂莉奥被找到，这些是我们还不知道的——还有埃铎尔逃走的事。

尽管奥莱克自己不知道他当时向人群说了什么，知道的人却有的是。“他说：‘让他们乞求联盟，而我们会给予他们联盟！’”一个老人高声说，“以桑帕的耙子之名，让他们乞求吧！让他们卑躬屈膝！而我们会视自己的时机给予同意或是不同意的回复！”

在那天，整个城市都沉浸在这样的心情中：既狂暴，又欢欣，充满斗志，勉强遏制着复仇的欲望。

伊欧拉斯已下令他的士兵不得上街，留在议事厅南面和东面的军营内，军营外面由卫兵围着。士兵想要去议事厅的马厩，他们的马和一部分人还在那边，他们试图用包围隔离的方式打通军营和马厩间的通道，但广场上的人群愤怒起来，有人开始扔石头。首领下令他的人留在原地，无论他们在军营还是在马厩。

阿尔德人小心翼翼，不主动挑衅，也不示弱。他们的位置很容易遭到围困，或许已经是了。一旦惯性的恐惧心理被打破，平民会意识到，这么久以来颐指气使的统治者要依靠他们供给——而且无论那些人多可怕、武器多么精良，两边的人数却是众寡悬殊。如果伊欧拉斯让手下保持的克制被误认为是软弱、不愿作战，那也还是会出现屠杀的情形。

他们在会客厅谈论这些。还谈到了迪萨克和他那群人，他们的计划是什么，怎么会出了岔子。之前来我们这里躲避的那个男人，凯德尔·安特罗也在，其他人确认了他讲的情形，还添加了许多细节。纵火的人是安苏尔的奴隶，阿尔德贵族用这些人当仆从和清洁人员；火烧大帐的主意一开始就是其中一个奴隶想出来的。他们偷偷地放进了许多假扮成奴隶的起义者，但都带了武器，同时还做了准备，以便几处地方能同时起火，让大帐陷入火焰的包围中，同时迪萨克的人会从两个方向冲进广场，攻击守卫的士兵。这一切本来是要在日落仪式的时候进行，这样火烧起来的时候，埃铎尔、伊欧拉斯和许多军官贵族都会在帐篷里。

然而，由于埃铎尔想要打断奥莱克的吟诵表演，祭司们提前开始了仪式，这样袭击的时间就只能改变，但消息却没能传达给所有参与密谋的人。起火的时候，仪式已经快结束了。伊欧拉斯来得晚，还在现场祈祷，但埃铎尔和领头的祭司们刚刚离开了营帐。火势飞快地蔓延，当时在场的迪萨克那帮人发起了攻击，但士兵们迅速集结，而且似乎对火焰毫无畏惧，那是他们的火焰之神应许的怀抱。激战之中，烟雾腾腾，现场一片混乱，显然只有埃铎尔和祭司们看到伊欧拉斯摇摇晃晃地从火中出来。他们抓住了他，将他带到议事厅。与此同时，士兵们驱赶着起义者——无论是想逃走的还是试图攻击的——迫使那些人没入火中，被活活烧死。迪萨克也在其中。

我只能想起奥莱克说的那些散发恶臭的黑色灰烬，在人群的践踏之下飞扬在空中。

听到这番情景，人们沉默了片刻，然后又聊了起来。

“这么说埃铎尔找到了机会，”一个男人说，“老首领的情形也跟死了没什么两样。”

“他为什么把老首领关起来？干吗不结果了他？”

“那毕竟是他父亲。”

“对阿尔德人来说，这有什么？”

我想起西默，他是那样为他的父亲，甚至他父亲的马而自豪。

“他要报复老家伙。他等了十七年了！”

“还有老家伙在安苏尔的情妇。”

“折磨他们，从中取乐。”

这话带来一阵沉默。人们不安地瞥着领爵。

“那他能去哪里呢，那个人，还有他手下的红帽祭司？”一个女人问道。人们对阿尔德祭司的痛恨更甚于士兵。“我估计他们会发现他藏在什么地方。那帮人要是在街上走，不可能活命，那么多人。”

她说得没错。那天后来我们听到了消息，满身尘土、兴奋不已而又疲惫不堪的人们从广场那边过来，一直给我们带来街上的消息。平民们蜂拥而入，进了议事厅，夺回了这个地方，将占据那里作为居所的阿尔德贵族和军官的所有物品包括家具全都扔了出去。人们发现了埃铎尔和三名祭司，他们躲在圆顶基座里的一个小阁楼内。他们被带到地下室，关进了刑讯室。伊欧拉斯和蒂莉奥在那里被关了一晚。苏尔特·加尔瓦曾在那里被关了整整一年。

听到这个消息，我们心里一松。埃铎尔深信，他是奉神明旨意前来驱魔除恶，在他的这种信念之下，我们经受了太多磨难。现在我们都觉得，在他被关进监狱、名誉扫地之后，那种信念的力量被打破了。我们依然要对付敌人，但这次的敌人是人，不是什么狂乱的神明。

还有一件事也令人松了口气，激愤的人群在议事厅里四处翻找，发现了那些祭司，但没有将他们撕成碎片，而是把他们关了起来，等待公正审判——无论是我们这边的公正，还是阿尔德人的公正。

“我们给埃铎尔的待遇没准儿比他父亲对他的手段还强点。”苏瑟曼·卡姆说。

“我很怀疑他会温柔以待。”奥莱克一脸冷漠地说。

“不会比你家夫人和她的狮子更温柔。”珀尔·阿克塔莫说。他又重新跟着奥莱克了，整个下午都在帮着奥莱克重新讲述他们的事迹和冒险，很多新来的人等在这里，想再听听整个经过。“那是埃铎尔的末路之始——在他当着所有人的面畏惧退缩的时候！您的狮子在哪里，歌里夫人？它应当在这儿接受赞美。”

“它现在情绪很不好，”歌里说，“今天是它的禁食日，我只能把它关在室内。恐怕它已经啃掉一块地毯了。”

“给它吃大餐，别让人家吃地毯！”珀尔说，人们大笑，要求把狮子带出来——“唯一站在我们这边的阿尔德生灵！”于是歌里去把曦塔牵了出来，它确实情绪低落。它不喜欢头一天晚上又是游泳又是坐船的经历，对那天上午的人群也不感冒；它感觉到了城市里持续的紧张气氛，像所有猫科动物一样，它感知到了骚动、兴奋、变化。它迈着步子走进会客厅，一路像唱歌似的呜哇咆哮，黄色的皮毛十分耀眼。大家都让出老远。歌里带着它走到领爵跟前，让它伸展身体，做出鞠躬的动作；人们又笑起来，纷纷称赞它。他们让它不停地敬礼，对着奥莱克、珀尔，还有一个跟父母一起来的三岁小男孩；曦塔为此得到了一大堆吃的，也开心起来。

时间已是傍晚。大厅暗了下来。伊丝塔与伊阿巴一起送来了点亮的灯盏。伊阿巴就是蒂莉奥的侍女，黎明时给我们传递了重要消息那个。伊丝塔曾跟我说，以前这就表示客人该告辞了。今天，我们的行事习惯和风俗好像又回来了，所有客人一个接一个地站起身，向领爵告辞。他们向奥莱克和歌里打了招呼，还有我，走到门口时，他们也向宅子里的魂灵祝祷。他们经过在傍晚空气中喷涌的泉水，祝祷了泉水之神——他们跨过门槛石的时候弯腰触碰了它。

14

那天夜里躺在床上，睡意似乎跟月亮一样遥不可及，我回想起这漫长的一天。我仿佛又看到歌里和她的狮子站在那里，面对祭司、士兵和那个披着金色斗篷的男人。我眼前浮现出泉水迎着阳光喷涌的情景。我看到领爵大步而行，从我身边走下台阶，看到他举起一本书，对着埃铎尔和我们所有人，还听到了那个奇怪的刺耳的声音：放他们自由……那喊声在我脑子里和另外一句话交相呼应，那是我喊出来的，或是借我的口说出来的，打破弥合打破，有那么一刻，我觉得自己明白了。

然而我又一次困惑不解，想起当我和奥莱克以及其他人去房子前面时，领爵却去了后面的密室，似乎是在绝望之下找地方躲起来了。他不可能一直走到神谕所在的山洞里——没那么多时间。他一定是直接去了暗处那头，把那本书从架子上取下，然后一路穿过那么大一座宅子里的房间、过道、庭院，迈着大步去与埃铎尔对峙——毫无跛态，丝毫没有灰心绝望的样子，而是行动如常，神完气足。在那一段短短的时间里，刚好是需要的时间之内。

他有没有质疑过神谕？他事先知道书里说了什么吗？那是什么书？

我只看到他手里是一本小书。没看见书页。我没有，也不可能读过里面的内容。现在我甚至不确定那些话——到底是“让他们得以自由”，还是“获得自由”，或者仅仅是“释放”？我能听到自己脑子里的声音，但听不清具体的话语。这令我困扰不已。我极力想听清，但那些话语却一闪即逝，就像从明净的水中穿过。我眼前浮现出喷泉，早晨的阳光从加尔瓦曼德的屋顶洒落，照亮了高高跃起的水花……

真的已经到早上了，晨光熹微，照在我的小房间的墙壁上。

这天是恩努的节日，她让旅人的路途顺遂，让做工的人进度加快，弥合争吵，还导引我们步入死亡。人们说，她化身为一只黑猫，走在将死的灵魂之前，如果幽魂有所踌躇，她会停下来回头看，耐心地坐着，等待幽魂跟随。我们的神明很少被赋予样貌或形象，只有勒罗是在石头中，而以涅的化身是橡树和柳树。但恩努常常被雕刻成一只小猫，带着微笑，眼睛溜圆。我就有这样一尊像，那曾经是我母亲的。它坐在我床边的神龛里，我每天早晚都会亲吻它。加尔瓦曼德的恩弩神龛在老的内院里，在一个基台上有一片向内弯曲的石头，而猫咪的图案刻画在基座的面上，非常模糊，几乎已经看不清了，因为几百年来不断有手指触碰，以求保佑。我起床穿好衣服，拿了个碗去神谕泉接水，还从厨房架子上取了满满一把吃的，去神龛那里供奉恩弩。我在那儿碰到了领爵，我们一起念诵了给恩弩的祷词。

伊丝塔已经给我们做好了早餐，接下来的情况跟前一天一样：领爵在前廊安顿好自己，整天都有人过来跟他谈话，也彼此聊天。安苏尔的社群在这里凝聚、重现。

领爵希望我跟他在一起。他对我说，大家想让我也在场。这是实情，不过人们只是跟我打招呼，除此之外很少说别的，他们带着极大的敬意，我感觉自己是在扮成某个重要人物。有时会有小孩子被支使来给我送花，他们把花放在我的膝盖上和脚上，然后就跑开了。没过多久，我就被花给堆起来了，我觉得自己好像路边的神龛似的。

我试着去理解他们怎么看待我。从我身上，他们看到了昨天发生的事情的谜团——喷泉、神谕之声。我就是那个谜团。领爵对他们来说是更熟悉的朋友、是他们的领袖，也是与旧日时光的连接。我在他们中间是新来者。他是加尔瓦家的人，我则是加尔瓦家的女儿，神明借我之口发了声。

不过我不开口他们也挺满意的。我只要保持微笑，什么都不用说，保持足够的神秘就行了。

他们希望跟领爵谈话，彼此聊天，在一起争论、激辩，打破十七年的沉默，滔滔不绝，充满激情，你来我往。他们正是这样做的。

有些来的人说，他们应当去议事厅，在那里集会。这个念头令大家兴奋难耐，他们恨不得立马就去，夺回议事厅，将它作为我们的政府所在地。苏瑟曼·卡姆和珀尔·阿克塔莫轻松而平静地谈到，他们行动之前需要积聚力量，要拟订计划，并按计划行事：在选举都还没有举行的时候，议事会怎么召开？他们说，安苏尔一直警惕理所当然地攫取权力的人。

“在安苏尔，我们不掌管权力，而是授予权力。”苏瑟曼·卡姆说。

“并为此收取利息。”领爵冷淡地说。

长者的话对年轻人有莫大的影响，后者几乎不记得安苏尔以前是怎样治理的，也不知道如何开始恢复他们记忆中就没有过的政府。他们愿意听珀尔的，因为他是奥莱克的同伴，如同英雄阿迪拉身边的玛拉，将他视为城里第二位的英雄人物。我还看得出来，四大家族的任何人说话时，人们都会恭敬地听着，这种恭敬只是习惯和传统使然，为人们所熟知；但现在这很有用，因为现场的局面得以形成一定的组织，有所克制，否则的话大家只会争着嚷嚷自己的意见。最受敬重的苏尔特・加尔瓦其实没怎么说话，任由其他人谈论他们的热情，还有他们的构想，他专注地听着，在人群中间缄默不语。

他不时抬眼看我，或是转头看看我坐着的地方。他希望我在他身边，我们一同静默。

这一天逐渐过去，来到加尔瓦曼德的人带武器的越来越多：人们成群结队，有的人什么也没有，只带了棍子和短棒，但也有人带着长刀、长矛，矛头还是新铸的，还有阿尔德人的剑，那是两天前的晚上在街头混战时从阿尔德士兵那里抢来的。有一波辩论时间很长，我出门去透透气，看看喷泉。我绕了一下，去瞧瞧古迪特，发现他在小小的马厩，正在打一枚矛头，一个年轻男人站在那里，拿着根长杆，等着做长矛。

我回到房子前面的高厅时，里面的谈话已经不再围绕着集会、选举、法治这些话题，而更多的是关于刺杀、袭击、杀死阿尔德人的计划，虽然他们没有说得这么直白。他们只说到积蓄力量，集合城里的武装，囤积武器，还有发布最后通牒。

在那之后，我常常想起自己当时听到了什么，他们是怎么说的。我很疑惑，男人是否比女人更容易不把人当人、当成活生生的性命，而是看作数字、符号、心灵的玩具，可以在想象中的战场上随意杀死。这种将人抽象化的过程令人愉悦，使他们兴奋，让他们随意地为了行动而行动，只为了操纵那些形象，像操纵棋子一样。爱国、荣誉抑或自由，这些可能只是他们赋予这种愉悦感的名义，以便向神明证明，向在这种游戏中蒙受苦难、进行杀戮、承受死亡的人们证明，因此这些词句——爱、荣誉、自由——已经退化，不再具有原本的真意。之后，人们或许会轻蔑地觉得这些词句毫无意义，而诗人必须费极大的气力，恢复它们的真相。

快到傍晚时，这些队伍的其中一个领头者，一个年轻男人，面相如鹰，颇为英俊，名叫雷特·盖尔布，是盖尔布曼德家的，他提出了自己的计划，要将阿尔德人驱逐出去。他遭遇了一些在场的人的反对，于是转向了领爵："加尔瓦！你不是手里举着神谕之书吗，我们不是都听到了神谕的声音，释放？只要阿尔德人的存在令我们为奴，我们怎么可能释放我们的民众？神谕的意思难道还不够清楚吗？"

"没准儿。"领爵说。

"如果不够清楚，那就再去请示神谕，解读者！问问它，争取解放的时机是不是还没到！"

"也许你可以自己读读看。"领爵温和地说着，从口袋里掏出一本书，将书递给雷特·盖尔布。他的姿势并没有威胁意味，但那个年轻人却往后退去，然后站在那里瞪着那本书。

他太年轻了，像阿尔德人统治下的许多安苏尔人一样，他也许从来没碰过书，从来没见过被撕成碎片、扔进运河以外的书，也可能是对神秘离奇之事、对神谕的恐惧笼罩着他。最后，他哑着嗓子说："我不会读。"随后，他又羞又窘，想要重新拿出那副挑战的口气，他很快地瞥了我一眼说："你们加尔瓦人才是解读者。"

"阅读曾经是我们所有人都具有的灵能，"领爵说，他的嗓音不再温和，"假以时日，或许我们大家都能重新掌握。无论如何，在我们理解已经得到的答案之前，就算提出新的问题也没用。"

"我们无法理解的答案有什么用？"

"喷泉的水流对你来说还不够明确吗？"

我从未见过他如此愤怒，那是一种冷冰冰的、刀锋般的怒气。那个年轻人又退缩了一下，停顿了一会儿，他微微低头，说道："领爵，我请求您的原谅。"

"雷特·盖尔布，我请求你的耐心，"他回答道，依然非常冷淡，"在喷涌鲜血之前，让喷泉的水先流淌一阵子。"

他把书放在桌上，站起身。那是本小书，封皮是暗褐色的布面。我不知道给我们神谕的是这本书，还是什么别的。

伊丝塔和索丝塔手持灯盏走了进来。

“大家晚安，祝你们度过宁静的夜晚。”领爵说着，又拿起书，一瘸一拐地离开了人群，朝后方幽暗的过道走去。

随后，人们陆续离开，闷闷不乐地向我道了晚安。但他们很多人站在院子里的迷阵图案上不走，在那里聊开了。整个城市都有种骚动不安的氛围，天色渐暗，天气温暖，风阵阵吹拂，却隐隐有种躁动。

歌里走出房子，牵着拴了皮带的曦塔，她对我说：“咱们上议事山那边走走，看看有什么情况。”我高兴地跟她一起走了。她说，奥莱克在房子里写东西，那天他多数时候都留在他们的房间里。他不想参与讨论和争辩，她说，他又不是安苏尔的市民，但他知道，无论他说什么，都会被人急切地抓住，赋予过于沉重的意义。“他对此很担心，”她说，“还有那种感觉，就是有事情即将发生，暴力的事情，致命的事情，一旦发生就无法挽回……”

我们走在路上，不停地有人跟我们打招呼，还向歌里和她的狮子行礼，她们是最先迫退埃铎尔和红帽祭司的。她微笑着回应，但非常短促，一副腼腆的样子，这样就不用跟人多说什么。我说：“你是不是有点吓到了——当英雄这回事？”

“是的。”她说。她笑了笑，瞄了我一眼。“你也一样。”她说。

我点点头。我带着她们离开了加尔瓦街，走上一条小路，在这里不会遇到什么人，可以边走边轻声聊天。

“至少你习惯了有这么多人。唉，梅默，你不知道我老家是什么样！安苏尔随便一条街上的房子都比高地所有的房子加起来还要多。我以前曾经几个月、几年都见不到一个生面孔，一整天不用说一个字。我没有跟人类一起生活过，跟我在一起的是狗、马、野生动物，住在山里，还有奥莱克……我们都不知道怎么跟其他人打交道。除了他母亲，梅乐。她来自低地，来自鱼藤水城。她非常可亲可敬……我觉得他的灵能是遗传自他妈妈。她以前会给我们讲故事……但他还是最像他的父亲。”

“为什么？”我问道。

她想了想说道：“卡诺克非常英俊帅气，也很勇敢。但他害怕自己的灵能，因此隐藏起真情实感。有时我发现奥莱克也这样，甚至现在也是。承担责任是很难的事。”

“让人替你承担责任也很难。”我说。我想起自己认识领爵的这么些年，他是怎么过来的。

我们从金匠桥那里回到大街上，继续朝议事广场走。那里有很多人游荡徘徊，大多数是男人，许多都带着武器。一些人在议事厅的平台上向人群高谈阔论，但不是很成功，因为人们总是来听一下，然后又游荡开了。广场东面有一道牢固的防线，男女都有，或站或坐，紧紧地挨着，非常警惕，我跟其中一个女人聊了聊，那是我们的邻居，名叫玛里德。她说，他们在那儿是为了“让孩子们不要惹麻烦”。在他们后面的山下，火把通明，我们能看到守卫营房的阿尔德士兵的警戒线。这些市民把自己当成了屏障，拦在广场上的人群和阿尔德士兵之间，防止想打架的年轻人或是无所事事乱扔石头的人随意侮辱和袭击阿尔德人。任何人如果想挑动士兵发起暴力行为，都得先突破同为市民的这些人形成的防线。这条防线一直延伸，穿过整个广场，直到马厩前面，我曾经在那里跟西默坐着聊天。

“你是个不同凡响的人。”我们穿过广场往回走时，歌里对我说，“我觉得你骨子里有平静安宁。”

“但愿吧。”我说。我们站在广场中央，就是大帐之前所在的位置。残骸碎片现在都没了；大帐的痕迹都已不在，只有铺路石上有些发黑的痕迹，脚下的灰烬发出细微的声音。我们行经之处是迪萨克死去的地方，他在自己放的火中被活活烧死了。我浑身战栗，而就在这个时候，曦塔高高地仰着头，发出一声长长的、奇怪的悲鸣。我想起它之前讨厌迪萨克，怒视着他的样子。我仿佛又看到他，腰背挺直，十分英武，神色傲慢，激动地向着领爵说——“我们会再见，在自由的城市里，身为自由的人！”这是他当时说的。我们周围到处都是他的影子。

我们往回走，经过了之前那座桥，停在桥栏杆那里，我们曾眼见一个人从那儿被人推下去摔死了。我们俯身看着黑沉沉的运河，河水映着一两点桥上房舍的灯光。曦塔低声叫着，提醒我们它不想再回到下面，再去涉水。一群男孩跑过我们身边，嘴里喊着一句口号，那天我在街上已经好几次听到这句话了：“阿尔德人滚出去！阿尔德人滚出去！阿尔德人滚出去！”

“我们去勒罗石那里吧。”我说，于是我们往前走了。在这个古怪的夜晚，我们都不想回去，我们周遭的整个城市都还醒着，躁动不安，而且走走路也挺好的，因为之前一整天都坐着不动，听人们说话。我们从斜桥抄近路，从盖尔布街转到西街，到了勒罗石。那里也有一大群人，他们静静地等着，要做的事情跟我一样：触摸石头，求执着天平的勒罗保佑。

我们沿着西街往回走。我也不知道自己会说出这句话来，我说道：“你和奥莱克从来没有过孩子吗，歌里？”

“有过。我们有个女儿。”她用平静的嗓音回答，“她在墨桑发烧死了，半岁的时候。”

我说不出话来。

“要是活到现在，她该有十七岁了。你多大，梅默？”

“十七岁。”我非常艰难地说。

“我估计是。”歌里说道。她朝我笑了。借着高桥上微弱的灯光，我看到了她的笑容。“她名叫梅乐。”她说。

我念着这个名字，感觉到那个小小的幽魂的触碰。

歌里朝我伸出空着的那只手，我们手拉手走着。

“今天是恩努的节日，”到了加尔瓦街的转角时，我说道，“明天会是勒罗的日子。平衡将会改变。”

* * *

到了第二天早上，平衡似乎已经变了：我们一早就听说，议事广场上有大批人聚集，虽然还没有付诸暴力，但吵嚷不已，一派决心已定的样子，要求阿尔德人在当天之内离开。领爵与奥莱克简短地商量了一下，他们一起走进了前厅。奥莱克显得浑身僵硬，十分紧张。他跟歌里说了几句话，然后歌里把曦塔关进了院长室，古迪特则给他们两人备好了马。奥莱克骑上布兰提，歌里骑上星辰，我跑步跟在她旁边，随奥莱克穿过加尔瓦街的人群。大家欣然为我们让路，高呼奥莱克的名字。

他驱马来到广场上依然牢牢保持队伍的市民那里，后面就是阿尔德士兵的阵形。他向双方请求说，能否容他与伊欧拉斯首领谈谈。他们马上就让他进去了。他下了马，跑下台阶，朝阿尔德军营奔去。

这个时候我在人群中牵着布兰提的缰绳，就像一个真正的马童。它其实不怎么需要人牵着。它稳稳地站着，对周遭的喧闹十分警醒，但并不觉得困扰，我试着学它的样子。星辰不时晃晃脑袋，如果人们靠得太近，它就会不安地刨着蹄子，我尽量不像它那样。不过我挺高兴的，由于马儿们的缘故，我们周围能有一点空间，因为这么多人还是挺吓人的。我的脑子很乱，各种情绪汹涌而来——得意、担心、兴奋——这些情绪掠过我们所有人，就像暴风雨之前，风吹过树叶。我攀着布兰提的马鞍，望着歌里的脸，她脸上一派平静镇定。

靠近议事厅台阶那边的人群发出低沉的吼声；大家都转向那个方向，但在攒动的人头和肩膀中，我什么也看不到。歌里拉了拉我的胳膊，示意我骑上布兰提。“我不会！”我说，但声音被淹没了，她用手给我搭了个垫步，我们旁边的一个男人说：“上去吧，孩子！”——我突然之间就坐在了布兰提背上的鞍子上，还没弄清是怎么回事。歌里翻身骑上星辰，跟我挨得很近。“瞧！”她说，我循声看去。

有人站在发表讲话的平台上：一个女人，穿着暗褐色与白色相间的条纹袍子，还有身穿黑色外套和短褶裙的奥莱克。他们在我眼里显得特别小，但十分醒目，像塑像一样。人群高呼大叫。有的人叫着："蒂莉奥！蒂莉奥！"离我们不远的一个男人却愤怒地高喊："阿尔德人的婊子！首领的婊子！"人们马上转向他，同样怒火万丈地朝他大吼。还有人试图让那帮人闭嘴，把他们隔开。我的脚够不到马镫，坐在高高的马鞍上觉得特别不牢靠，但布兰提像岩石一样站定，我至少不会被人群推搡踩踏。嘈杂的声音逐渐消散：人们看到奥莱克举起了右手。"听作书人说什么。"人们叫着，沉默慢慢地在人群中蔓延开去，如同喷泉的水流漫延到整个宽阔的泉池。他最后开口时，声音十分响亮，虽然很遥远，但非常清晰洪亮。

"今天是勒罗的日子。"他说。然后他有好一会儿没说话，因为整个人群都在低沉、缓慢地念着"勒罗，勒罗，勒罗！"——我上气不接下气，热泪盈眶，跟他们一起反复低呼，"勒罗，勒罗，勒罗……"最后，他又一次举手示意，通往广场的街道沿路的呼声慢慢平息下来。

"我并非安苏尔人，也不是阿苏达尔人——你们愿意让我再次对你们讲话吗？"

"愿意！"人群高呼，然后又喊道，"说吧！让作书人讲话！"

"蒂莉奥·阿克塔莫，安苏尔的女儿、阿尔德首领的妻子，站在我身边。她和她的丈夫让我向你们说这番话：阿苏达尔的士兵不会攻击你们，他们不会干涉你们，不会离开军营——这是伊欧拉斯首领的命令，他的士兵将会遵从。但在没有米德隆的王上首肯的情况下，他不能下令让士兵离开安苏尔。因此他等待着米德隆的消息。他和蒂莉奥·阿克塔莫，还有我，请求你们耐心，以和平方式收回你们的城市，主张自由，不要以杀戮的方式。我曾目睹这位遭遇背叛、身陷囹圄的领主获得自由——我曾跟你们一起目睹干涸了两百年的泉水重新奔流，与你们一起耳闻沉默之中高呼而出的声音——身为你们的客人——在我们一起等待，等勒罗向我们展示平衡倾向于哪边，我们是要摧毁还是重建，是开启战争还是和平以对——在等待的时候，能否容我以一个故事回报你们的好客之情和安苏尔神明的恩典，一个关于战争与和平、奴隶与自由的故事？你们愿不愿意听《查木汗》？听听汉姆内达在安比昂被迫为奴的故事？”

“愿意。”人群说道，现在他们的声音如同一阵轻柔的风拂过草地。我们都感觉到那种剑拔弩张的气氛缓和下来，而且为此感激不已，感激那个让我们摆脱惊惧、狂热和非理性的声音，即使只是一会儿，只是一个故事的时间。

在西岸任何一个其他地方，人们肯定都熟知这个故事；甚至是在书籍被禁毁的我们这里，人群中也有很多人知道它，或者至少知道这位英雄的名字。但许多人从未读过这个故事，也没有听过。而置身于庞大的人群之中，听到有人高声讲述它，公开地宣称我们所承继的权利，宣扬我们的英雄——对我们来说，这是了不起的大事，是奥莱克给我们的了不起的礼物。他讲述这个故事时，就好像他以前也从来不知道情节发展，在讲述的时候才知道。汉姆内达被伊洛克出卖，他表现得惊骇不已，就像他与汉姆内达一起镣铐加身、遭到拷打，也跟他一起为老阿费尔的磨难和死亡伤心落泪，一起为冒着生命危险帮助汉姆内达逃走的奴隶担忧。他讲述的不是我曾经读过的《查木汗》，他在用自己的话，讲他自己的故事。他讲到安比昂宫殿里的对峙，汉姆内达释放了被囚的暴君乌拉，叫他离开安比昂，并向城里的起义者说："自由如同出笼的狮子、升起的太阳：你不可能阻止它。给予自由，自己也得享自由！释放以获得释放！"

后来，我听到有人坚持认为，那是加尔瓦曼德台阶上的神谕之声：释放以获得释放。或者确实是这样。

不管怎样，议事广场的人群听到这番话时群情激动，就是那种听到遂心如愿的话时的反应。

奥莱克讲完故事后，人群没有静默，而是发出山呼海啸般的赞美，他们的心情十分欢快，就好像他们挣脱了束缚或恐惧。

他们拥上议事厅的平台，簇拥在奥莱克身边，歌里和我根本没有机会接近他。

不过，我们在马上据高而望，可以看到他和蒂莉奥。我们看见人群开始围绕着他们，拥着他们慢慢地向加尔瓦街走。歌里跳下星辰，将我的马镫缩短了一点，然后重新上了她的马。“用膝盖控制，别管缰绳。”她叫道，我们就这样出发了。周围也同样是旋涡般的人群，他们发出赞叹，开着玩笑，还高声大喊。这是我第一次骑马——我们出了广场，经过加尔瓦街的三座桥，往加尔瓦曼德而去。

人们纷纷给我们让开路，因此我们很快就赶上了奥莱克和蒂莉奥。我在马厩门口下了马，一路跑进房子，正好看见蒂莉奥和领爵在前廊见面的情形。他站起身，看见了她，而她伸开双手跑上前去，叫着他的名字：“苏尔特！”他们彼此拥抱着，都泪流满面。他们从小就是朋友，也可能是情侣，我不知道。他们相识的时候还年轻，有财有势，幸福快乐，之后分离多年，经受了耻辱和痛苦。他躯体已残。她遭到毒打，头发都被扯掉了。我回想起很久以前他曾经温柔地对我说：“有很多值得哭泣的事情，梅默。”这时我也哭了，为他们，也为世上的伤心之事。

奥莱克走到我身边，我正站在大门里面，不想让人看见我的眼泪。他脸上仍带着那种有些困惑的光辉，就是那种受到赞誉、因为人群的力量而颇不自在的样子；但他伸手环住我的肩膀，轻声说：“你好，盗马贼。”

* * *

看起来，奥莱克和勒罗似乎已经改变了平衡。那天和接下来的几天里，城里还是骚动不已，但不再那么怒气冲冲、剑拔弩张。愤怒的言论很多，但亮兵器的时候少了。议事厅开放，供人们讨论筹备选举的事。

人们仍然不断地来到加尔瓦曼德，在走廊里谈话，还在迷阵上跳舞——我终于见识到了，看到了女人在迷阵跳舞。过了一两天，伊丝塔走到跳舞的人中间，大皱其眉，手里拿着抹布，说道：“你们全跳错了。你在这儿转圈，同时唱‘欸嚯！’，然后在那个地方转圈。”她教那些人怎样正确地跳舞祈福，之后又回厨房去了。

她非常卖力地干活儿，博米和我也一样，甚至连索丝塔也不例外。人们不断带着礼物前来，都是吃的东西，因为知道在这种客人盈门、接连不断的情况下，我们招待起来肯定非常吃力。伊丝塔鼓起勇气接受这些东西，并不是把它们当作礼物，或出于敬意的贡献，而是当作领爵和他的家族应得的东西——欠债还钱。她脑子里就是这样想的，像安苏尔许多人的想法一样。如果说我们骨子里蕴藏着和平，那同样也藏着生意。

伊阿巴随蒂莉奥回去了，以便帮助她照料伊欧拉斯，他的烧伤非常严重，愈合很慢。第二天，蒂莉奥从军营那边派了三个女人过来，帮我们料理家事。她们本来是城里的人，被抓去充作奴隶，供士兵们使用，就像蒂莉奥一样。蒂莉奥获得首领的宠爱之后，她得以让她们脱离最底层的奴隶地位，变得体面了一些。其中一个在十来岁的时候就被抓去，遭到士兵们蹂躏，身体落下了残疾，还有些疯疯癫癫，但如果我们给她派点洗东西的活儿，让她一个人干，她就会心满意足地卖力干活儿。另外两个人都来自颇有声望的家族，知道怎么打理家务，对我们来说是莫大的助力。

伊丝塔一开始本来想冷淡地对待她们，不想让她们跟索丝塔和我说话——毕竟想想她们之前的处境，当然那不是她们的错，但她们不适合陪伴好人家的年轻闺女，如此之类。无论是她们还是我自己，对这些都没放在心上。其中一个人有个男性朋友，是她当奴隶时认识的。他直接搬了进来，帮忙干粗重的活。古迪特跟他相处得很好，因为他以前是车匠，可以筹划用古迪特这么多年来存着的大小马车损坏的零件造一辆马车。

就这样，没过几天，家里就多了好些人，大大增添了生气，我很喜欢这样。说话声多了些，阴影少了些。家里多了点条理，少了点灰尘。现在有更多的手会在经过的时候触碰神龛，不仅仅是我的手。

但这段时间里，我很少看见领爵。只在公开场合才能见到他，跟其他人一道。

而且自从那晚经我之口说出神谕之后，我也一直没去过密室。

我的生活突然之间完全改变了。我总在街上跑，不再没日没夜地埋头于书本，整天跟许许多多的人说话，而不是在晚上跟一个人谈话，我心里想的全是奥莱克和歌里，以至有时根本没想到他。即使我为此觉得羞愧，我也能给自己找到借口：在我是唯一亲近他的人时，我对他很重要，但现在他不再需要我了。他真真切切地再次成了领爵。他有整个城市做伴，没时间关照我。

晚上我也没有时间去密室，像之前那么多年那样。我整天忙碌，晚上疲累不堪。我亲吻自己房间里的小小恩弩神像，然后就沉沉睡去。在我的城市毫无生气的时候，密室里的那些书让我保持了活力，但现在，整个城市恢复了活力，而我不再需要那些书。没时间，也不需要。

尽管我其实害怕去那里，害怕那个房间、那些书，但我有意无意地忽略了。

15

在初夏那段日子里，我们似乎已经忘记了阿尔德人，似乎他们仍在城里这件事情无关紧要。带着武器的平民志愿者日夜密切监视着军营和议事厅的马场，他们已经形成了某种民兵组织，会轮班守卫，但在议事厅里，所有人谈论的都是安苏尔，而没有谈及阿尔德人。每天都有会议，规模很大，吵闹不已，但领头的是有理政经验的人，他们决心恢复安苏尔的权力和政治。

在这些计划和集会中，珀尔·阿克塔莫是中心人物。他还不到三十岁，但一副生来就是领袖的样子。他精力充沛，才智过人，让年长一些的人不能太快地回到“我们一直以来的行事方式”上去。他质疑一直以来的方式，提出有没有更好的方式；而议事会的章程开始成形，摆脱了诸多无用的传统特权和治理形式。我常常去听他和其他人在公开会议上演讲，他们能振奋人心，让人充满希望。珀尔每天都来加尔瓦曼德，与领爵商议事情。苏瑟曼·卡姆会与他的儿子苏尔特·卡姆一起来，往往是为了力陈一切都应当遵循旧制，但他的妻子恩驽洛支持珀尔的提议。领爵也是，尽管不是那么直接，他总是极力让大家达成一致意见，不要过多地陷于意见争论中。

他们已经在为选举日拟订计划，而在一个阳光灿烂的早晨，消息在一小时之内传遍了全城：一支阿尔德军队正穿过伊士玛丘陵地带。

最初这只是传言，无须重视，一些牧羊人说自己看到了阿尔德士兵，但后来，一个沿着桑蒂斯河进城的船夫证实了传言是真的。有人看到军队在伊士玛丘陵的东面行军。他们很可能已经在桑蒂斯河源头上方的山口了。

随后大家恐慌起来。跑过房子的人高喊着："他们来了！阿尔德人！"议事广场和街上的人群越来越多。

人们又拿出了武器。男人冲向东运河沿岸的旧城墙，以及从丘陵间入城的城门。城墙已经在阿尔德人之前夺城时半毁，但市民在路上和伊士玛桥设置了路障。

那天来到加尔瓦曼德的人都惊恐不已，想要寻求指引。太多人还记得十七年前城市陷落的情形。珀尔和其他一些可能已经跟他们谈过的人都在议事厅。领爵一直安慰他们，他们也愿意听他的，但没多久，他就把我叫去，在过道单独跟我谈话。

“梅默，”他说道，“我需要你。奥莱克没法穿过人群，他们会拦住他，希望他能告诉大家该怎么做。你能不能穿过那些防线——去找蒂利奥，找伊欧拉斯——看看他们对这支军队知道些什么，以及首领是否改变了给他手下军队的命令，然后把消息带回来告诉我？”

“可以。你有没有什么话要传给他们的？”我问道。

他望着我，以前我刚好完全说对了阿瑞坦语字词的意思时，他也会这样看着我，并不意外，但非常高兴，充满欣赏。“你知道该说什么。”他说。

我穿上男孩的服装，把头发束在脑后。现在大家都认识我了，我不想被人认出，截下来问个不停。所以我又扮成了混血男孩梅姆。

有一阵子，我还算顺利地沿着加尔瓦街往前走，在人群中一边闪躲，一边推挤，但过了金匠桥就觉得没戏了——人群挤得严严实实。我跑下那天晚上走过的阶梯，想起当时的马蹄声，以及叫嚷的声音和烟雾的味道。我沿着运河边跑到河堤那里，穿过了河堤，又回到东岸，从那里可以抄近路去训练场和跑马场。那里空荡荡的，已近荒废，但我看见了阿尔德士兵的警戒线，在马场后面长长的、低矮的议会山上。我能做的就是往山上爬，朝着他们的方向，我的心跳得越来越快。

士兵们站在那里，什么也没说。他们看着我，几张十字弓对准了我。

我走到距他们十英尺之内，停下脚步喘口气。

他们在我眼里更加陌生，这些男人，不同于我这么多年来、这辈子所看到的阿尔德士兵的样子。他们面色灰黄，短短的浅色鬈发在头盔下面卷曲着，他们的眼睛也是浅色的。他们盯着我，面无表情，一言不发。

“首领的马厩是不是有个叫西默的男孩？”我说道。我的声音非常微弱。

队伍中离我最近的六七个人很长时间不言不动，我都以为他们压根儿不会回答我了。然后正对着我的那一个，他没有十字弓，但腰带上挂着剑，而他的手放在剑柄上，说道：“有的话又怎样，年轻人？”

“西默认识我。”我说。

他用表情传达了他的问题：那又怎样？

“我家领爵大人有口信要我带给伊欧拉斯首领，可我没法穿过人群，我过不了那么多条防线。事态紧急，西默可以为我担保，跟他说我是梅姆。”

士兵们看看彼此。他们商量了一下。“让这孩子过去。”一个人说，但其他人反对。最后离我最近的那个佩带剑的士兵说："我带他进去。"

我跟着他从马场后面绕路过去。我记不得所有的情形。我太过专注于自己此行的目标，怎么实现的倒显得无足轻重了，由于事情太紧急，根本无暇关心细节。有些事情我还是记得挺清楚的。我记得西默走进那个小房间，那个士兵把我带到那儿见他的长官。西默朝那位军官敬了个礼，拘谨地站着。"你认识这男孩吗？"那位军官问道。西默的眼睛朝我瞟过来，没有转头。他的脸色完全变了，变得柔和，就像索丝塔看着奥莱克时的神色。他嘴唇颤抖，说道："是的，长官。"

"嗯？"

"他叫梅姆，是个马童。"

"谁的马童？"

"他是作书人和带狮子那个女人的。他随他们一道来过这儿。他住在恶魔之屋。"

"很好。"军官说。

西默一动不动地站着。他又看向我，目光带着恳求。他显得颇为苍白，脸上的疙瘩没那么多了。他似乎很疲惫，我这辈子看到很多安苏尔人都是这副样子。他好像还饿坏了。

"你有作书人喀司普罗给伊欧拉斯首领的口信？"那位军官

对我说。

我点点头。用作书人喀司普罗的名义过关，可能比领爵加尔瓦的名号要安全一点。

“告诉我是什么。”

“不行。口信是给首领的，或者蒂莉奥·阿克塔莫也可以。”

“奥巴特斯！”那位军官说。过了一会儿我才意识到他是在骂人。他又看着我。“你是阿尔德人。”他说。

我没说话。

“关于有阿尔德军队通过山口的事情，他们怎么说的？”

“他们说有支军队。”

“多大一支军队？”

我耸耸肩。

“奥巴特斯！”他又说了一遍。他个子不高，满脸沧桑，颇有年纪了，也是一副挨了饿的样子。“听着。我没法进到军营里。市民把我们隔开了。如果你能通过，尽管去吧。也替我带个信。告诉首领，我们这里有九十个人，还有所有的马。马饲料有的是，缺的是人吃的东西。你们俩都去——你听清口信了吗，小子？”

“是，长官。”西默说。我看得出来他深深吸了一口气，挺起了胸膛。他再次敬了个礼，转身大步往外走。我跟在他身后，那位军官在我后面。

那位军官把我们送过了警戒线，而我带着西默穿过了市民面对他们的防线。我在市民的队伍中找自己熟悉的面孔。玛里德不在，但她的姊妹雷米在，我跟她一说，她就放我们过去了。一句“领爵有口信带给蒂莉奥夫人”就可以了。

到了开阔的广场上，混在大批市民之中，我们就只能靠自己了。幸运的是，西默没穿制服，只在肩膀上有个蓝色的结。有一次有人说：“这两个孩子是阿尔德人吗？”——因为看到我们的头发——但我们溜进了人群中。我们推推搡搡地往前走，不时被人斥骂，绕过了马场的东头，走过议事广场下面的台阶，然后不得不再次面对市民组成的防线，就在军营边上。我再次找了个熟人，卡默尔，他是古迪特的老朋友，但我忘了自己是用什么说辞过关的。卡默尔跟他对面的阿尔德卫兵谈了好一阵，具体的我也记不清了。然后我们通过了这两条防线，一名卫兵带我们穿过练兵场，前往营帐，高声喊着西默的父亲。

我看到他父亲跑过来。西默停下脚步，想朝他敬礼，但他父亲一把抱住了他。

“胜利是美好的，父亲。”西默说，他哭了出来，“我尽我所能地践行了它。”

“很好。”他父亲说，仍然把他抱在怀里，“做得好。”

其他人和军官纷纷涌出营帐，我们走过那些长长的建筑和外围的房子，身边护卫的队伍颇为可观。只要有军官拦住我，西默和他父亲就会站出来，证实我来自恶魔之屋，作书人奥莱克·喀司普罗在那里，而我带着他的口信。然后我们走进了一排建筑中的最后一座，士兵和军官都落在后面。我独自往前走的时候，发现西默在看着我。我经过门口的卫兵，进了一个长长的房间，长窗可以俯瞰弯曲的东运河。蒂莉奥·阿克塔莫迎着我走上前来。

她一开始没认出我，我只好说出我的名字。她拉着我的手，然后拥抱了我，没多久，我也哭了，纯粹是因为如释重负。但我还有口信要传。

“领爵叫我来的。他想了解，首领对于从阿苏达尔来的军队知道些什么。”

“你最好自己去跟伊欧拉斯谈，梅默。”蒂莉奥说。她的面孔还有些肿，瘀青未褪，头上包着绷带，但那绷带在她身上极其自然，像一顶小小的帽子。无论什么都丝毫无损她的美。她还有种愉悦、轻松的姿态，只要一开口，就能抚慰别人的心灵。因此当她带我穿过房间，去伊欧拉斯首领躺着的床边时，我没那么害怕了。

他身后垫着许多绣花的枕头。有一块红布从天花板垂下来，直到床头的位置，因此走近床边就像进入帐篷一样。首领的腿脚从被子下露了出来，上面烧伤遍布，有的露着肉，有的结了黑色的痂。他盯着我，像一只被缚住的鹰。

“这是谁？你是阿尔德人还是安苏尔人，孩子？”

“我叫梅默·加尔瓦，”我说，“领爵苏尔特·加尔瓦派我来的。”

“哈！”首领说。他瞪视的目光陡然像锥子般锐利起来，“我见过你。”

“奥莱克·喀司普罗为你表演时，我曾跟着他来过。”

“你是阿尔德人。”

“如果我给你生个孩子，你估计也会认为是阿尔德人。”蒂莉奥温和端庄地说。

他做了个鬼脸，接受了这个说法。

“你的口信是什么，是作书人派你来的？”

“领爵派我来的。”我说。

“如果说安苏尔有领袖，伊欧拉斯，那肯定是领爵加尔瓦，”蒂莉奥说，“奥莱克·喀司普罗是他家中的客人。如果你和他能沟通，那可能是最好的。”

他咕哝了一句。“他干吗派你来？”他朝我追问道。

“为了问您是否知道，为什么有士兵从阿苏达尔来这里，以及有多少人。还有，他们到来之后，您会不会改变向您手下军队下达的命令。”

“就这些吗？”首领说。他看着蒂莉奥：“神明在上，这年轻人可真不错！肯定是你们家的人，毫无疑问。”

“不是的，大人。梅默是加尔瓦曼德家的女儿。”

“女儿！”首领说道。锥子般的锐利目光又变成瞪视，最后他眨了眨眼睛。“行吧。”他说，几乎带着无奈。他不自在地动了动，抽搐了一下，挠挠头上烧焦了一半的鬈发。“你觉得我该派她回加尔瓦去，带去我的战略和意图，是吗？”

“梅默，”蒂莉奥问道，“市民会攻击营房吗？”

“如果他们看到有军队从东大道下来，我觉得会的。”我说。那天上午我已经听到人们一次又一次地这样呼吁——趁援军到来之前干掉那些士兵！趁他们还没夺回城市，我们将城市夺回来！

“那不是军队，”伊欧拉斯几乎是暴躁地说，“只是大首领的信使。两周前我派了信使过去。”

“我觉得城里的人们最好能知道这个。”蒂莉奥说，一如既往地温柔，我加了一句：“要快！”

“嗯，你觉得我的羊群要造反了，是吗？”他的语气刻薄，充满讥讽，或许这嘲笑是给他自己的。

“没错。”我说。

“变成狮子了，是吧？”他还是那副语气，又瞥了我一眼。他沉思了一下，然后说：“如果到了那样的地步，我倒希望来的是军队……据我所知是这样。但我很怀疑。”

“最好是能知道，大人。”蒂莉奥说。

“我没法知道！我们被关在这儿呢。下面那帮守桥的白痴应该能派些人骑马上山，侦察一下那支军队有多少人吧？”

“他们肯定派了，”我有些恼火地说，“没准儿士兵把他们杀了。”

“嗯，在知道情况之前，我们只能赌了，”首领说道，“我赌来的不是军队，只是一名信使，带了二十来个卫兵。就这么跟你家领爵说。让他约束那些变成狮子的绵羊不要胡踩乱撞，如果他能做到的话。我会让人把我抬出去，我们能向人们讲话，安抚他们。我听说了喀司普罗那天做的事情，讲了尤拉和汉姆内达的故事就让他们冷静下来了。他可真是个聪明人！”

我还记得首领在公开场合跟奥莱克和他手下的军官说话时是多么客气有礼，甚至辞藻华丽。现在他言辞生硬，粗鲁不文，这无疑是因为他处于痛苦中，或许还因为他只是在跟女人说话。我试图以生硬的礼貌态度回答，但话一出口还是炸了：“领爵不是任你使唤的，大人。他固守自己的家。如果你想让他帮忙保持和平，就得自己上门去。”

“苏尔特·加尔瓦跟您一样行动不便，伊欧拉斯。”蒂莉奥说。

“是吗？真的？”

“是酷刑所致，”我说，“在他被你儿子囚禁的时候。”

这个老人本来因为我的无礼而恼怒万分，但听到这话，他看了我好一会儿，然后转开了目光。过了一会儿他说：“行吧，我会去的。叫人给我弄一架轿子，或者椅子，什么都行。告诉他们，我们希望公开谈判，在那边，就是你们说的什么，加尔瓦曼德。全扔掉也没用……已经够了……”他没说完。他躺回那堆枕头上，脸上毫无血色，十分阴郁。

安排谈判本身就需要先谈，因为城里的情形十分混乱，一点就着。伊欧拉斯正跟几名军官说话，向他们下令，这时我们听到一声号角，声音动听而高亢，从东边，运河对岸远远地传来。这边的营房马上就响起了回应的号角声。

没过几分钟，就有人报告说看到了阿尔德的来人：正如首领所期望的，那是二十来人的一支小队，打着旗帜驰出了丘陵。我们能听到议会山上的人群和通往东运河的街道上的人群的鼓噪之声。但由于这支骑行队伍后面没有大军跟随，人群的呼喝至少没有更响。

从营房东南面的窗户看去，我们能看到河闸和伊士玛桥。蒂莉奥和我望着那支队伍驰来，停在半毁的城墙外，与一直在桥上守卫设防的市民交谈。他们颇费了一些时间。最后，一名阿尔德人得以步行通过城门。有三四十个市民跟着那个人，他过了桥，直接沿着东大道朝守卫军营的警戒线走去。我看到他手持一根白色的木杖，我从历史书上看到过，这是使节的标记。

“您的信使到了，大人。”蒂莉奥对首领说。

没多久，身披蓝色斗篷的军官就大步走了进来，手持木杖，现在跟着他的是一队士兵了，他朝首领敬了个礼。“谨奉大首领、太阳之子，最高祭司、阿苏达尔之王，阿克雷大人之命，致安苏尔首领，伊欧拉斯大人。”他说得抑扬顿挫，四平八稳，就是阿尔德人公开说话时那种声调。

年老的首领在枕头上撑起来一点，咬紧牙关，勉强俯了一下身当是鞠躬，口中说道：“欢迎太阳之子、我等最尊崇的阿克雷大人的信使。去吧，波列。”他对护卫队的队长说道。他转身看着蒂莉奥和我，还有也在场的伊阿巴，说：“出去。”

我觉得自己快要像曦塔那样咆哮起来了，但我温顺地跟着蒂莉奥出去了。

“那个人一走，他就会告诉我们那个人说了什么，”她对我说，“现在我们反正有点时间，你饿了吗？”

我穿城过街的这一趟着实辛苦，这会儿又饿又渴。她拿出了她们有的东西：水、一小块又干又硬的黑面包、几块无花果干。“围困中的配给。”伊阿巴微笑着说。我吃得小心翼翼、全神贯注，只为对得起匮乏窘迫之中的馈赠，一点碎屑都不浪费。

我们听到信使离开了，很快，伊欧拉斯就喊道：“来！”

难道我们是狗吗？我心想。但我还是跟蒂莉奥和伊阿巴一道进去了。

伊欧拉斯坐直了身体，脸色灰暗、满是皱纹的面孔显得极度兴奋。“神明在上，神明在上，蒂莉奥，我觉得我们度过危机了，”他说，“赞颂神明！听着，我想让你们俩去宫中或者恶魔院，只要是有人管事的地方，能约束这些暴民的，跟他们说：现在没有军队从阿苏达尔过来，将来也不会有，只要这座城市保持和平。告诉他们，大首领提出他在安苏尔的臣民可完全免予纳贡，改为以阿苏达尔保护邦领的身份向米德隆的国库缴税。太阳之子已赐我保护国亲王之衔。不日我将邀请安苏尔的领头人与我商议，就治政和与阿苏达尔的贸易条件听取指令。一部分士兵将留在此地，作为我的亲卫，并担负护卫城市之责，打击城内的不法行为，同时防范桑德拉曼或其他地方的侵略。我们的大部分军队将返回米德隆——等到安苏尔确定遵守我们的命令之时。现在，这座该死的城市里有没有人能加以回应，以及有所行动？”

“我可以带信给领爵。”我说道。

“去吧。这比让我坐在车里一路被人拉过去强。把信带去，给我带回信息已被接收的回信，带上能跟我谈的人回来。他们干吗要派半大孩子来，还是女的。老天！”

“因为女人和女孩都是这里的民众，不是狗，也不是奴隶，”我说，“要是你会写字，就可以自己把你所谓的命令送给领爵，自己看回信！”我怒不可遏、浑身发抖。

首领锐利地瞪了我一眼，不屑一顾地做了个手势。“蒂莉奥，你能去吗？”他说。

“我跟梅默一起去，”她说，“我觉得这样最好。”

实际上这样也确实是最好的。对于首领的口信，我听到的、领会到的就是我们被命令向阿苏达尔缴税，屈从于保护邦领的地位，而不是自由邦，并遵照阿尔德人的意思行事。

我们回到加尔瓦曼德后，我整天都在听蒂莉奥同领爵说的话，以及领爵对别人怎么说的，还有人们又是怎么议论的，最后我终于明白，事实上阿苏达尔是提出给我们自由——只不过是有代价的——而我们的人显然是真心把这个当作胜利。

或许他们能看得这么明确，是因为其中的确加上了价钱，以金钱和贸易协议的形式，那是我们安苏尔人能够理解的东西。

也许我很难理解的原因是，没有人为之英勇牺牲。没有英雄人物在苏尔山上战斗。广场上不再有慷慨激昂的演讲。只有两个都身有残疾的中年男子在全城发出消息，心怀警惕和提防，拟订协议。还有议事厅的争吵。还有市集上的无数议论、争辩、抱怨。

还有神谕院前院汩汩流淌的泉水。

还有安苏尔的众多神庙，供奉神明和精灵的小房子，每个街角、每座桥上的神龛，它们被重建、恢复，被人从藏匿的地方拿出来，打扫干净、雕刻一新，用鲜花装饰。勒罗石被供品盖得严严实实，有时根本看不见。在至日这天的以涅节，男人和男孩带着橡树枝和柳枝做的花环，在街上游行，将花环挂在房子的大门上，女人在市集和广场上跳舞，唱着赞颂以涅的歌。年纪大些的女人教像我一样的女孩子，我们不知道怎么跳舞，也不会唱歌。

整个夏天，人们不断地从安苏尔其他地方来到城里。他们往往是跟着阿尔德士兵的队伍，这些士兵从北边的城镇撤回，在这里集合，然后返回东边，越过丘陵回阿苏达尔去。民众进城来，想弄清楚城里发生了什么事，同时参加选举；接着是商人和交易者。初秋的时候，托梅尔的领爵前来会见安苏尔领爵。伊丝塔整整操心了两个礼拜，确保他得到了恰如其分的款待，不辱加尔瓦家族的荣耀。

那个时候，议事会经常开会。加尔瓦曼德不再是政治规划和决策的中心，这儿仅仅只是领爵的家。这里商议的很多都是关于贸易的事，诸如干草运输、牲畜市场，还有拿杏脯和盐卤橄榄能在米德隆或杜尔换到什么。新选举出来的议事会进行的第一场选举是选出安苏尔领爵，大家一致推举了苏尔特·加尔瓦；就这个职位，他们还拨了款项，用于招待以及房子的修缮。这些款项说不上有多慷慨，不过对我们这些打理家务的人来说已经是数之不尽的财富了，同时也是一个振奋人心的信号，表明了作为阿苏达尔的臣属纳贡和作为保护邦领缴税之间的区别。

我完全弄拧了首领的意思。我对他的口信，以及他这个人，都没能给出正确的判断。我本想拒绝袒护、操纵、妥协——拒绝政治。我想的是斩断所有联系，反抗暴君。我想要憎恶阿尔德人，把他们赶走，摧毁他们……那是我在八岁时发下的誓言，做出的承诺，以所有神明，还有我母亲的魂灵的名义。

我打破了自己的诺言。我不得不这样做。打破弥合打破。

* * *

我给伊欧拉斯送信的几天之后，大首领的信使返回了米德隆。他们有一百名士兵护卫，西默的父亲是卫队的指挥官，西默骑马跟在他旁边，回家去了。我曾叫伊阿巴和蒂莉奥把她们能搜集到的情况告诉我，这就是她们跟我说的。在我和西默那天一起穿过了防线之后，我就没再见过他。

护送信使回米德隆的队伍还在补给的车上带了一名囚犯：埃铎尔，伊欧拉斯的儿子。我们听说他戴着镣铐，穿着奴隶的衣服，头发和胡子都很长了：这对阿尔德人来说标志着耻辱、名誉扫地。

蒂莉奥告诉我们，自从埃铎尔背叛之后，伊欧拉斯再没看过这个儿子一眼，也不许任何人问起该如何处置他，不允许有人提到他的名字。不过，伊欧拉斯下令释放了祭司们，连那几个跟埃铎尔一同被抓的也不例外。祭司们以为他心慈手软，试图为埃铎尔说情，编了个故事说他们和埃铎尔是把伊欧拉斯藏在刑讯室，只为让他不受叛乱暴民的报复。伊欧拉斯让他们闭嘴滚蛋。

在士兵们眼中，他们的首领经历了火焰，经受了烈火焚身，又幸免于难，因此显然是受到火焚之神的垂青，其圣洁堪与任何祭司相提并论。大多数祭司意识到自己处境不利，选择了随第一拨军队返回阿苏达尔。于是伊欧拉斯手下的将领只能自己做出决断，他们觉得这个犯人是首领的儿子，地位尴尬，最好是把他送走，让大首领去决定如何处置他。

对这个不甚光彩也不太确定的结果，我挺失望的。我希望确切地知道，埃铎尔会受到他应得的惩罚。我知道，阿尔德人痛恨背叛，也对儿子背叛父亲的事情极其震惊。他会受到折磨拷打吗，就像他曾经拷打苏尔特·加尔瓦那样？他会不会被活埋，遭遇许多安苏尔人曾经的命运？那些人被带到城南泥滩，在腥咸的淤泥中遭到践踏，直至窒息而死。

我是不是希望他遭到拷打折磨、被活埋？

我想要什么呢？整个明快的夏天，我们第一个自由的夏天，我为什么如此不快乐？我为什么丝毫没有安心的感觉、胜利的感觉？

* * *

奥莱克在港口集市表演。那是一个金色的秋日下午，没有风。暗蓝色的海峡对面，白色的苏尔峰高高耸立。城里所有人都去听作书人说书。他讲了《查木汗》的一部分内容，人们叫着还要听，不让他走。我离得太远，听不清楚，也十分烦躁。我离开了人群，独自朝西街走去。街上没有人。大家全都在我身后，聚在一起，在市集上倾听。我触碰了神龛石，走进家里，径直穿过去，经过了领爵的房间，来到后面阴暗的走廊。我对着墙在空中书写了密语，门开了，我走进那个放着书、也有着暗影的房间。

我好几个月没来这儿了。这儿还是老样子：高高的天窗透进明澈、均匀的光，安静的空气，书籍静静地、交错地排列着，如果我仔细听，还能听到暗处那头的洞穴里微弱的水声。桌上没有摊开的书——这里没有任何存在的痕迹。但我知道，这个房间里充满了存在。

我本来想读一读奥莱克的书，但我站在书架前，却不由自主地拿起了春天时我一直在看的书，歌里和奥莱克来的前一晚我还在看，那是一本阿瑞坦语的书，《挽歌集》。里面都是一些短诗，哀悼和赞颂一千年前死去的人们。大多数作者都是佚名，而对于诗中提到的人，我们所知的也不过就是诗里的内容。

其中一首诗写道："苏拉斯，善于打理家务，连步道上的图案都闪闪发亮，如今她打理沉寂之屋。我倾听她的脚步。"

另一首是我之前还在读的，讲一位驯马师。第一句是："毫无疑问，无论他在哪里，它们都在他身边，那些长长鬃毛的幽灵。"

我坐在桌子边，在我以前习惯的位置，对着那本书，还有阿瑞坦语的字典，看着书页空白处几百年来无数人写下的注脚，试图理解后面的诗句的意思。

等到我尽可能地理解了那首诗，并记住了它时，天窗透进的光线已经渐暗。昼夜平分的勒罗之日过去了，白昼将会越来越短。我合上书，坐在桌边，没有点灯，就这么坐着，在很长时间以来第一次有种平静的感觉，觉得自己是在一个安稳自在的地方。我让自己全身心地沉浸在那种感觉中，让它渗透我的内心深处，在我心中扎根。在这个过程中，我得以思考，思绪缓慢而明晰，并没有可以形诸文字的想法，而是知道重要的是什么，了解到必须做些什么，这是我思考的方式。我已经好几个月不能这样思考了。

正因为这样，我站起来离开了，我带了一本书出去，这是以前从没有过的事。我带了《罗斯坦》，我小时候用书搭墙做熊窝时，曾经管这本书叫“红闪闪”。

不久前我曾经听奥莱克用向往的语气说起这本书，说它是先辈作者勒加利已经散失的作品。领爵当时没有接茬儿。

他从未向奥莱克说过任何与密室中的书有关的事。就我所知，知道这间密室的只有他和我。

人们模模糊糊地知道，神谕是从书中传出的，现在他们也真的听到了神谕之声，但他们并没有要求更多地了解其中的秘密，他们不想过多窥探，而是听之任之。毕竟这么多年来，书籍本身是受诅咒、被禁毁的，就连知道这回事也是种危险。虽然我们安苏尔人安心地与已逝先人的幽灵生活在一起，但我们对神秘离奇之事并没有什么兴趣。身为解读者的苏尔特・加尔瓦受人敬畏，我也一样，但人们还是宁愿跟领爵苏尔特・加尔瓦打交道。神谕已经发挥了作用，我们都自由了，现在大家可以回去干自己的事了。

但我的事情有点不一样。我坐在书桌前，手里拿着一本没打开的书，终于明白了这一点。

16

奥莱克、歌里和曦塔傍晚的时候已经从海港市集回来了。奥莱克累得不行，睡了一会儿，他在公开表演之后，只要有机会，总要休息一下。我来到院长室的时候，他精神好了一些，光着脚，衣衫不整地到处溜达。他说道：“你好呀，偷马小贼。”歌里说：“你在这儿呢！我们正说起趁天色还没太黑，去老园子里散散步。”

曦塔不能像许多小狗那样理解单独的词语，比如“散步”；但它往往能在人们自己都没有明确的意图之前知道他们要干什么。它已经站了起来，优雅地拖着步子走到了门口，蹲坐在那儿等我们，毛茸茸的尾巴尖前后一拂一拂的。我挠挠它的耳朵周围，它把脑袋抵在我手上，发出低低的呼噜声。

“我给你带了这个，奥莱克。”我说着，举起那本红色封面、烫金字体的大书。他走过来，脚步也有点拖拖拉拉的，打着哈欠。当他看到那是一本书的时候，他的嘴猛地合上了，脸一下子就绷了起来。而他看到那是什么书时，他站在那里直接石化了，过了很久才吸了一口气。

“噢，梅默，”他说，“你给我的是什么？”

我说：“是我能给的东西。”

听了这话，他的目光从书上转到我脸上。他的眼睛闪闪发亮。能让他开心，我自己真是开心极了。

歌里走到他身边，看着那本书；他给她看那是什么，充满爱意地抚着它，半带喊叫意味地读出了第一句。“我就知道，”他说，“我知道它们一定在这儿——大藏书室里的一些书——但这本——！”他又看向我，“这是不是——这房子里有书吗，梅默？”

我犹豫了一下。歌里像曦塔一样，能迅速地察觉别人的感受和意图，她将手搭在奥莱克的胳膊上说道：“等等，奥莱克。”

我必须思考，而且要快，要想清楚我真正的意图是什么，我有什么权利，又有什么样的责任。这本书是我的吗，我有权把它送出去吗？即使它是我的，其他的书呢？还有另外那些爱书的人呢？

我想的是，我不能对奥莱克说谎。这也回答了关于我的责任的问题，至于我的权利，我必须伸张。

“是的，”我说，“这儿有书。但我觉得我没法带你去放书的地方，我要问问领爵。但我估计那个地方进不去，除了我们以外，只有我们自己的人才能进。我觉得我们的守护者将它隐藏起来了。这所房子的幽灵，我们的先祖们，还有在我们之前的那些人，告诉我们留在这里的人。”

奥莱克和歌里完全能理解。他们也有自己世代流传下来的灵能。他们了解我们所背负的重任和获得的机遇，那是与我们血脉相连的幽灵、我们所住的这个地方的精灵赋予的。

“奥莱克，我先告诉领爵我把这本书送你了，”我说，“我没有问过他行不行。”奥莱克一脸担忧的神色，我说：“没事的。不过我得跟他说说。”

“当然。”

“他从来没跟你说起这些书，因为太危险了。”我说道。我觉得自己必须维护领爵的沉默，“这么久以来，他不得不将它们统统藏起来，瞒着所有人。阿尔德人绝不可能在这里找到它们。因此它们是安全的，人们也不会因为拥有书籍而遭遇危险，但人们是知情的。他们秘密地，趁着夜晚，将书带到这里——藏在蜡烛包或旧衣服里——藏在柴火堆、小麦堆里——他们冒着生命危险，将书带到这儿，他们知道我们能安全地保管这些书。有的家族曾经藏着自己的书，像卡姆家和盖尔布家，还有的是我们不认识的人，只是碰巧发现一本书，或留存着书，或者是想让它们免遭阿尔德人摧毁，他们知道要把书带到加尔瓦曼德这里。但现在，现在我们不用再隐瞒了——是吗？……你能不能——能否请你读给人们听，奥莱克？不要只是背诵？这样就能让他们知道，让他们亲眼看到，书籍不是恶魔，里面写着我们的历史、我们的心声、我们的自由？”

他望着我，脸上慢慢地绽开喜悦的笑容，几乎变成了大笑。“我觉得你应当读给他们听。”他说。

“哇呜！”曦塔叫道，它终于失去了耐心。

歌里和我让奥莱克捧着他的宝贝。我们跟着曦塔出了门，在暮色中往德尼奥斯泉那边走。在那里，它信步穿过落叶和沙沙作响的灌木丛，追逐老鼠，我和歌里坐在泉水边古老的大理石长凳上聊天。下方城市里的人家逐渐亮起了灯。远远的海峡那边，借着落日的最后一点紫色微光，我们能隐约看到夜里出海的渔船。天光越来越暗，锥形的苏尔峰完全成了暗影。一只猫头鹰在我们附近猛地俯冲而过，我说：“这是你的好兆头。”

“你也一样，”歌里说，“你知道吗？在特伦德勒，他们说猫头鹰代表厄运。那里的人都很悲观消沉。那儿森林太多，总是下雨。”

“你真是全世界都去过了。”我极其向往地说。

“没有，还没呢。我们从来没去过桑德拉曼，也没去过曼瓦或梅鲁恩的海岬。我们到过的城邦只有先塔斯和帕加迪，瓦达尔瓦我们也只到过很小一部分……即使你对某个地方很了解，也总有从来没到过的小城或山丘。我觉得我们算不上到过了全世界。”

“你觉得你们什么时候会继续漫游呢？”

“嗯，直到刚刚之前，我一直以为奥莱克想在冬天之前或者春天的时候去桑德拉曼，他想了解他们的诗歌，之后我们会回墨桑去。但现在……我很怀疑他会离开，除非他把你能给他看的每一本书都看过了。”

“你难过吗？”

“难过？为什么？你让他那么开心，我喜欢看到他开心。他不是个容易开心的人。奥莱克的心很难猜透……你知道他对于人群能有什么样的影响，大家很容易被他吸引、喜欢他——在这个过程中，他也深受感染——但之后，他会觉得情绪低落，感觉不真诚。他说，那根本不是他，而是从他身上穿过的神圣的风，那会让他情绪透支，像枯草一样……但如果他能默默地写作、阅读，跟从他自己的心意，他就非常开心。”

“就因为这个我才爱他，”我说，“我也是这样的。”

“我知道。”她说着，抱住了我。

“但你也许想要继续走，歌里。不是一年到头坐在这儿，对着一大堆书，还有政治的事情。”

她大笑。“我喜欢这儿。我喜欢安苏尔。不过如果我们整个冬天都留在这里——而且现在我知道肯定会了——我可能要找个需要人手驯马的主顾。”

“想必无论他在哪里，他们都在他身边，那些长鬃暗影。”我念道。在她要求下，我给她念了这首诗其余的部分。

“没错。这个诗人说得挺对，”她说，“我喜欢。”

“古迪特希望为领爵弄些马来用用。”

“我可以替他驯一匹小马驹。这合情合理……但不管怎样，我们最终还是要走的。我们迟早会回到俄尔岱欧，把奥莱克学到的东西带回给墨桑的学者。从现在起，他会忙着抄那本书，还有你给他的任何东西。”

“我可以帮他抄。”

“要是你提出来，他肯定会把你往死里用。”

“我喜欢做这事。我一边抄一边也学了。”

她沉默了一会儿，然后说：“如果我们真的回俄尔岱欧，明年春天或者夏天，不管什么时候——你要不要考虑跟我们一起走？”

“跟你们一起？”我重复道。

早在夏初的时候，我有时会做做白日梦，幻想大篷车，就是现在停在我们马厩里那辆。我幻想着星辰和布兰提拉着它，穿过长长的金色平原，白杨在平原上投下影子，或是走在山间的路上，奥莱克赶着车，歌里和曦塔一起在后面跟着。这只是我的幻想，让自己高兴一下，在那段总想着那场大火、源源不断的人群，心怀恐惧的时间里，将我的思绪从焦虑中挣脱。

现在她将这种幻想变成了真的，那条路真的摆在我面前了。

我说："我愿意跟你去任何地方，歌里。"

她把头靠在我肩头，过了一会儿，她说："那我们或许可以这么干。"

我思考了一下，想厘清其中有什么关系，我必须做的事情。最后我说："我会回到这里。"

她静静地听着。

"我不能撇下他，再也不回来了。"

她点点头。

"但不只是这样。我属于加尔瓦曼德。我觉得我才是解读者，不是他。这份责任已经传承了。"我只是在顺着自己的思路说，然后意识到她估计不知道我在说什么。我试着解释："有个声音，它必须通过能够——能提出问题，能解读的人才能表达。他教会了我。他给了我这个能力。他替我保存着，又将它传给了我。那不是他应当背负的责任，而是我的。我必须回来承担它——留在这里。”

她再次郑重地点点头，露出完全赞同的神情。

“但奥莱克也能教我。”我说，这个时候我意识到自己过头了，要求的东西太多，我沉默了。

“那会让他更高兴。”歌里回答道，她说这话时非常平静沉着，一副理所当然的语气，“有他一直想要的书，你还能一起读——哦，你可能用不着担心离开加尔瓦曼德的事，梅默！没准儿问题是怎么让他离开……但我觉得你会喜欢的，我们赶路的方式，遇上某个镇子或村子就待一段时间，结识那里的作书人和乐师。他们会为我们说书、歌唱，奥莱克也为他们表演。他们会把自己的书拿出来给他看，小男孩们会背诵《汉姆内达的誓言》，年纪大的女人知道古老的歌曲和传说……之后我们总是会回到墨桑。那是个美丽的城市，山上建满高塔。我知道奥莱克一定愿意带你去那儿，因为他跟我说过。跟他在那里认识的学者见面，跟他们一起阅读。你可以把安苏尔的学识带给他们，再把他们的学识带回加尔瓦曼德……但最好的是，在这期间我一直都能跟你在一起。”

我低下头，亲了她粗糙有力的小手，她亲了亲我的头发。

曦塔纵身从我们身边跳过，在越来越暗的夜色里野性十足。

“应该到晚餐时间了。”歌里说着，站了起来。

曦塔立即来到她身边，我们下山朝家里走。奥莱克当然是沉浸在《罗斯坦》中，等到有人把他拽走才罢休。我们三个上桌的时间也晚了，伊丝塔都终于坐下了我们才到。

现在我们在餐厅吃饭，不在储藏室里吃了。通常上桌的都有十二个人，有时候更多，因为家里人多了，还有索丝塔的新婚丈夫，再加上客人。我没说过索丝塔的婚礼。我们清理了大院子，将房子被劫掠纵火时留下的破石头和垃圾统统清走，整理了大理石花槽，将墙上盘绕的凌霄花排列整齐，刷洗了红黄两色石头镶嵌的步道。婚礼仪式在夏末一个炎热的下午举行，那天是德奥利日。两家人的亲朋好友悉数到场。伊丝塔安排了一场盛宴，人们尽情跳舞，月亮在院子上方的天空升起又落下。伊丝塔望着跳舞的人群说："这就像以前的好时候一样！简直就是。"

这天晚上没有别的客人，只有珀尔·阿克塔莫，他在我们这里的时间都快赶上在自己家了。他被选进了议事会，由于他的堂姐蒂莉奥·阿克塔莫，他与伊欧拉斯首领——现在的保护国亲王——拉上了关系，因此受到人们看重。蒂莉奥自己的处境尤其艰难——她曾经是暴君的奴隶兼小妾，现在则是亲王夫人——既受害于这个敌人，却也征服了他。安苏尔还有一些人叫她妓女，说她无耻放荡，但更多的人敬重她，称她为自由夫人。她安然面对这一切，仍然是一以贯之的温和沉静，似乎根本没有两极化的忠诚这回事。大多数人最终都认定，她不过是个受到凌辱的女人，有着良好的教养和温顺的个性，对古怪的命运泰然处之。她确实是这样，但不止于此。珀尔十分活跃，不乏智慧和野心，而他也经常与蒂莉奥商议事情，不少于他和领爵商量的次数。

珀尔从蒂莉奥那里带来了一个消息，晚饭后在领爵的房间，他把消息告诉了我们。多亏了埃桑根领爵送的一批礼物，这些日子里我们晚饭后有酒喝了，那里的葡萄园出产的金色白兰地酒，少少的一点，如烈火，如醇蜜。我们一个接一个地举杯致敬神明，一饮而尽，然后我们坐了下来。

“我堂妹已经说服阿苏达尔的保护国亲王，终于让他提出要拜访安苏尔领爵，”珀尔说，“所以我是负责为这个要求送信的，尽管它是用阿尔德人惯常的粗话表达的。不过我认为其中的意思是文明的。”

“我就当它是文明的。”领爵微微笑了一下说。

“说真的，苏尔特，你能受得了看到他吗？”

“我对伊欧拉斯没有任何意见，”领爵说，“他是军人，服从他的命令。他是个虔诚的信徒，听从他的祭司，直到他们背叛了他。他本身是什么样的人，我一无所知，我有兴趣知道。你堂妹很敬重他，这对他是大大的加分项。”

“我们什么时候都可以跟他谈诗歌，”奥莱克说，“他是很好的倾听者。”

“但他不识字。”我说。

领爵抬头看着我。身为一个女孩子，在成年女人和男人中间，我仍然享受着特殊的待遇，只需要听他们说，不用开口，大多数时候我也宁愿保持沉默。但我最近意识到，只要我开口说话，领爵都会专心地听。

珀尔·阿克塔莫也用明亮深邃的眼睛看着我。珀尔很喜欢我，他总是逗我，假装为我的学识惊叹。很多时候，他似乎忘记自己三十岁了，而我才十七岁，他跟我说话时把我当成同龄人，有时还会不自觉地调笑，我觉得他那种态度是调笑。他为人和善，也很帅气，我一直有点喜欢他。我常常觉得，有朝一日我会嫁给珀尔。我以为只要我愿意，就能嫁给他。但我还没有准备好，我还不想成为一个女人。身为加尔瓦的女儿和继承人，我承受了许多的爱，但我还从来没有享受过歌里和奥莱克向我提出的东西：自由，作为孩子、作为小妹妹的自由。而我渴望它。

珀尔问我：“你是想教首领识字吗，梅默？”

他的玩笑和领爵的关注让我鼓起了勇气，我说：“阿尔德人会愿意让女人教吗？但如果首领要跟安苏尔的人打交道，他最好是学着不要害怕书本。”

“要证明这一点，或许这所房子不是最合适的地方，”珀尔说，“这里至少有一本书会让任何人产生对神明的恐惧。”

“他们说，最后一批祭司会随今天开拔的军队一同回去。”歌里说。我们大家都明白她话里的意思。

“伊欧拉斯家里有自己的祭司，”珀尔说，“有三四个，负责念颂祈祷和带领仪式。需要的时候还负责驱魔，我估计。不过他发现的恶魔倒没有他儿子那么多。”

“自己是，才能找到同类。”歌里说。

“心灵的神明看到石头里的神明。”奥莱克低声念道，这是勒加利的一句诗，不过他是用我们的语言说的。

领爵没听到他的话，他仍在沉思。这会儿他问我，好像珀尔开了那个玩笑后，他真的在考虑他提出的想法。“你愿意教伊欧拉斯首领认字吗，如果他同意学习的话，梅默？”

“任何人只要想学，我都愿意教，”我说，“就像你教我那样。”

谈话转到了其他事情上。大家商定保护国亲王和他的随从将在四天后访问加尔瓦曼德，随后珀尔就离开了。奥莱克哈欠连天，他和歌里不久就去休息了。我站起身，在我上床睡觉前给领爵备好他需要的东西。

“等一下，梅默。”他说。

我欣然坐下。自从我回去过那间密室，重新沉浸于过去在那里的岁月之后，我觉得自己跟领爵之间又回到了以前的样子。我们的联系也是一样，我以为它被削弱了，但其实仍然一如既往地牢固、轻松。除了我，他现在跟很多人都有联系，而我也跟除了他以外的人有联系；我们不再如此迫切地需要对方，从对方身上汲取力量、获得安慰。但那有什么不同？无论是在孤独困苦中躲藏，还是置身于富裕繁忙的世界的人群中，他和我彼此之间都有着联系，这种联系来自我们祖先的幽灵，来自我们共同享有的力量，以及他给予我的知识，还有纯粹的爱与尊敬。

“你有没有再去那个房间？”他问我。

我们之间的联系的确非常密切。

“今天去了。第一次。”

“太好了。每天晚上我都觉得要去那里读点书，但就是提不起劲。唉，我得承认，在伊丝塔说的以前那时候，情形要轻松多了。那会儿我可以整天跟人谈谷子的价钱，然后半个晚上读勒加利。”

“我把《罗斯坦》送给奥莱克了。”我说。

他抬起头，一时间还没明白，我继续说：“我把书从那个房间里拿出来了。我觉得是时机了。”

“时机。”他重复道。他看着别处，思索着，最后只说了句：“是的。”

“我觉得只有我们能进那个房间，是真的吗？”

“是的。”他又说道，几乎有些心不在焉。

“那我们是不是不应该再把书藏着？那些普通的书。我们把它们藏起来保管。同样的道理，这样人们就能拥有它们。”

“而且时机到了。”他说，“是的，我觉得你说得对。不过……”他又深思了一会儿，“来吧，梅默。我们去那里。”他说着，用手撑着椅子站了起来。我拿起那盏小灯，跟着他重新穿过毁坏的走廊，来到那堵墙前面，那堵墙看着似乎是房子的后墙，上面没有门。他在空中书写了字符，那是来自日出之地的祖先的文字，意思是“打开”。门开了，我们走了进去。我转身关上门，它又成了墙壁。

我点亮了书桌上的大灯。整个房间都沐浴在柔和的灯光下，书脊上的金字偶尔一闪。

他触碰着神龛，低声念诵祷词，然后站在那里环顾整个房间。他在桌旁坐下来，揉揉僵硬的膝盖。“你之前在读什么？”他问道。

“《挽歌集》。”我把那本书从架子上拿出来，放在他面前。

“你读到哪儿了？”

“《驯马人》。”

他打开书，找到了那首诗。“你能背吗？”

我用阿瑞坦语背了十行。

“还有呢？”

我说了自己的理解，跟之前对歌里说的一样。他点点头。“非常好。”他说，带着被压抑的笑容。

我坐在他对面，沉默了一会儿，他说道：“你知道，梅默，奥莱克·喀司普罗来得正是时候，他可以教你。你差不多就快发现，你都能教我了。”

“不可能！我读《挽歌集》差不多都只能靠猜呢。到现在我也读不了勒加利的作品。”

“但你现在有一个能读的老师了。”

“这么说——你没有不高兴——把《罗斯坦》送给他是对的？”

“是的。”他深吸了一口气说，“我觉得是这样。如果我们不能了解自己具备的力量，又怎么能知道什么才是对的？我就像个盲人，却被要求解读神明给他的信息。”

他翻动桌上那本书的书页，轻轻地合上了它。他望着房间尽头灯光照不到的地方：“我跟埃铎尔说，我是解读者。如果你连语言都不明白，又谈何解读？你才是解读者，梅默。至少对这一点，我毫不怀疑。你对这个有疑问吗？”

这个问题太突然了。我毫不犹豫地回答：“没有。”

“很好，很好。既然如此，这里就是你的房间、你的领域。尽管我如同目盲心瞎，我还是为你保管了它。还有那些把他们珍视的东西带到这里来的人，这些书本……我们该怎么处理它们，梅默？”

“做个藏书室，”我说，“就像以前在这里的那个。”

他点点头：“这似乎是这所房子本身的原意。我们只需要遵从它。”

我也觉得是这样，但我还是有些疑问。

“领爵，那天……就是喷泉流动起来的那天？”

“喷泉，”他说，“是。”

“那是个奇迹。”我说。

他还是带着那个隐约的微笑，说道：“不是。”

我也许有些意外，也许并没有。

他的笑容大了一些，愉悦了一点。“一段时间之前，泉水之神向我揭示了其中的奥秘，”他说，“我会告诉你的，等你愿意的时候。”

我点点头。我的意思不在这上面。

“你会觉得伤感或者震撼吗，梅默？奇迹也许简直可以掌握在我们自己手中？”

“不，”我说，“不是那件事。而是另一件……”

他看着我，等我往下说。

“你当时一点也不瘸。”我说。

他低头看看自己的双手和双腿。这会儿他的脸色严肃起来。“他们也是这么跟我说的。”他说。

“你不记得吗？”

“我记得自己怀着恐惧和痛苦来到这个房间。我一进来就意识到，我应当让泉水流起来，于是我就赶紧去做这件事，并没有追究缘由，就好像在遵从命令一样。接下来，我觉得应当从架子上取一本书，我也照做了。当时好像必须赶紧行事，于是我……我是跑起来了吗？我也不知道。一定是那些让我在需要的时候沉默的力量，在那个时候又需要我去唤醒你的声音。”

我望着房间里暗影那头。他也一样。

“你没有问……”

“那时候没有时间去请示神谕了，它也不会回应我。它回应的是你，梅默，不是我。”

我不想听他说这种话，尽管我自己也说过，我才是解读者。我的心在恐惧和尴尬中抗议。“它不是回应我！”我说，“它是利用我！”

他短暂地点了一下头：“就像我曾经被利用一样。”

“那甚至不是我的声音——是吗？我不知道！我不明白它

说的什么。我觉得羞耻，觉得害怕！我甚至不想再走进那边的黑暗里。”

他沉默了很久，最后温和地开口：“他们利用我们，没错，但他们并不是出于恶意……如果你必须走进那片黑暗，梅默。想想看，那只是一位母亲、一位祖母，想要告诉我们一些事情，我们还无法明白的事情。她们的语言是你还不太熟知的，但可以学会。我是这么告诉自己的，在我必须进入那里的时候。”

我思索了一会儿，开始觉得安慰。想象我妈妈的魂灵也在那边，和我们族人的其他母亲一起，洞穴里的黑暗也没那么吓人了，她们肯定不会想吓到我。

但我还有一个问题。

“那本书——当时你手里那本——它是在神谕书架那边的吗？”

现在他的沉默又有了不同的意义，他觉得这个问题很难回答。最后他说：“不是。我就直接拿了眼前看到的那本。”

他站起身，跛着脚走到旁边的一个书架那里，那是离门最近的，然后在跟视线平齐的位置取下一本小书。我认出了它暗褐的颜色、无字的书脊。他将那本书拿过来，默默地递给我。我有些害怕，但还是接过了它，过了一分钟，我翻开这本书。

这时我认出来了。这是本给小孩子的识字读本——《野兽的故事》。我刚开始学认字的时候就读过它，多年以前，就在这里，在这间密室里。

我翻动着书页，手指僵硬，不听使唤。我看到书里那些小兔子、渡鸦和野狼的木版画插图。我读出了一则故事的最后一句：“于是狮子回到了沙漠，告诉沙漠里的动物们，老鼠是最勇敢的。”

我抬头看着领爵，他也看着我。他的脸色和细微的动作表示：我不知道。

我看着这本让我们得以自由的小书。我想起了德尼奥斯的话，高声念了出来：“每一片树叶中都有神明；你张开手，就持着神圣之物。”

过了一会儿，我又说道：“世上也没有恶魔。”

“没有，”领爵说，“只有我们。我们做着恶魔的事情。”他又一次低头看看自己残缺的双手。

我们沉默不语。我听到黑暗中流动的微弱水声。

“来吧，”他说，“已经很晚了，我们周围都是梦的使者。让他们赶紧行事吧。”

我左手拿起那盏小灯，右手在空中写下字符。我们穿过了门，经过黑暗的走道。走到他的房间时，我祝他安眠，他停下脚步亲吻了我的额头，我们就这样带着这晚的祝福告别了。